tredition®

www.tredition.de

Über den Autor

Jahrgang 1948, verheiratet, von 1998 bis 2001 Aufenthalt in Namibia, lebt jetzt in Schlangenbad.

Studium der deutschen Sprache und Literatur, Politologie und Soziologie an der Johann Wolfgang Goethe - Universität in Frankfurt am Main. 1982 Promotion zum Doktor der Philosophie. Lehrtätigkeit am Gymnasium in Frankfurt am Main.

Wenn man einmal Lehrer war, dann kann man es mit der Literatur einfach nicht lassen. Und da man nicht mehr Rechtschreibung, Grammatik und Interpretation mit den Schülern üben muss, so verlegt man sich auf die Dinge, die am meisten Spaß machen, nämlich das Geschichtenerzählen. Zumal wenn man eine gewissen Zeit seines Lebens in Afrika verbracht hat, dann hat man so viel gesehen und erlebt, dass die Fantasie noch lange Purzelbäume schlägt.

Außerdem ist das Palavern, also das lange Erzählen, dort Teil der Lebenskultur. Wenn man sich nicht die Zeit nimmt, ein wenig zu plaudern, dann kommt man nicht weit, weil jeder einen für langweilig und unhöflich hält.

Johannes O. Jakobi
hat bereits einige Bücher geschrieben:

Der lange Tod der Hibiskusblüte

Im Haus der Nachtkatze

Moderation Mord (2011)

Colour Undetermined- Farbe unbestimmt (2011)

Stories for Africa (2012)

Der E-Eater (2012)

Spiel mit mir „Ich töte dich"! (2012)

Die schönen Töchter der MORBID INVEST (2013)

Fräulein M. Ord (2013)

Kampfhähne in der 8b (2013)

Als das Gras zu rosten begann (2014)

G'EATA (2015)

Geliebte Mumie (2015)

Rheingauer Märchenstunden (2016)

Rheingauer Maerchen Schaetze

von

johannes o. jakobi

mit illustrationen

von

brigitte k. jakobi

www.tredition.de

Verlag und Druck: tredition GmbH, Halenreie 40-44, 22359 Hamburg

ISBN
Paperback: 978-3-7497-8194-2
Hardcover: 978-3-7497-8195-9
e-Book: 978-3-7497-8196-6

Inhaltsverzeichnis

Einleitung

„Erzähl doch keine Märchen!", hört man auch heute noch häufig. Aber warum eigentlich nicht? Das fragten wir uns auch. Je-der von uns hat, wann immer das auch war, Märchen gelesen, gehört oder in irgendeiner Inszenierung gesehen. Den Gebrüdern Grimm, die so eifrig gesammelt und aufgeschrieben haben, ge-bührt nach wie vor Dank. Ihre Märchen sind ortsungebunden und zeitlos in der mündlichen Überlieferung. Als wir auf die Idee ka-men, selbst Märchen zu schreiben und zu illustrieren, war das, als würde man beschließen, die Jahre seines Lebens zurücklaufen zu lassen, um wieder Kind zu werden. Aber der Gedanke hatte etwas Faszinierendes, ein eigenes Märchen zu komponieren und es sich hernach wechselseitig vorlesen zu lassen. Alle Personen, denen wir von unserem Vorhaben erzählten, reagierten überaus positiv, gaben an, Märchen zu lieben und zwar unabhängig von Alter o-der Bildung.

Eine so alte Kulturlandschaft wie der Rheingau braucht eigene Geschichten, um auch seine sehr spezifische Identität zu wahren. Zwar sind unsere Märchen allesamt frei erfunden, doch wenn sie, liebe Leserin, lieber Leser, demnächst wieder durch eine der so hübschen und liebenswerten Rheingauer Ortschaften spazieren, dann werden sie dies künftig sicherlich mit anderen Augen und geschärften Sinnen tun. Wenn sie die alten Häuser, Gärten und Gemäuer betrachten, dann könnte es leicht sein, dass ein Zwerg um die Ecke lugt, oder ihnen eine freundliche Fee den rechten Weg weist. Wenn sie auf ihren Wanderungen durch den wunder-schönen Rheingau durch die Wälder streifen, dann seien sie be-sonders aufmerksam, denn es wäre durchaus möglich, dass sie zufällig den Flügelschlag des Drachen vernehmen können.

Lesen sie die Märchen in der Weise, als würden sie selbst diese einem Kind erzählen. Nehmen sie sich einfach die Zeit dazu, langsam und gemütlich durch diese Welt zu schlendern. Erinnern sie sich daran, dass in den Märchen die Zeit anders vergeht. Um ihnen diese kleinen Pausen zu gönnen, haben wir in unsere Märchen kleine Lieder eingewebt, die man laut lesen oder gar nach einer eigenen Melodie singen könnte. Ohnehin sollte man alles tun, um sich noch beim Lesen zusätzlich in diese Zauberwelten einzubringen. Seien sie mutig, übernehmen sie eine Rolle, seien sie Zwerglein oder Zaubervogel, was immer sie möchten! Durchstreifen sie den Märchenwald auf der Suche nach etwas, was wir in unserer Zeit bereits weitgehend verloren haben. Blicken sie über staubige Straßen ohne Teerbelag, auf denen gar bald eine goldene Kutsche heranrollt. Setzen sie sich ruhig selbst eine Krone auf, schauen in den Spiegel und lächeln sich zu. Vielleicht sehen sie in ihren Augen jetzt ebenfalls zarte Elfen tanzen. Haben sie keine Angst davor, wieder ein Kind zu werden, ihr Leben neu zu entdecken. Lassen sie sich in das Märchen hineingleiten, ein wenig verführen, betören und verzaubern. Beginnen sie zu träumen!

Brigitte und Johannes Jakobi

Das Verzauberte Dorf

Schon lange lässt sich die liebe Sonne nicht mehr blicken. Dicke Wolken ziehen über das Land, und der Regen will gar nicht mehr aufhören. Der Himmel weint, als hätte er alle Freude an der Welt unter ihm verloren. Was aber ist passiert? Lasst uns davon berichten! So oder so ähnlich soll es sich damals zugetragen haben.

Ein hübsches Dörfchen inmitten des lieblichen Rheingaus.

Während die Männer ihren Arbeiten auf den Wiesen und Feldern, im dichten Wald und in den steilen Weinbergen nachgehen, bereiten deren Frauen zu Hause die Mittagessen vor. In den Küchen dampft und brodelt es verführerisch, und die geschlossenen Fenster sind beschlagen, denn draußen ist es heute ziemlich kalt.

Da pocht es an die Scheibe und die Hausfrau öffnet das Fenster, weil sie nicht erkennen kann, wer da klopft. Auf dem schmalen Sims sitzt ein alter Kater mit zerzaustem, zotteligem Fell, der so richtig ausgehungert scheint. Mitleidig lässt ihn die Hausfrau in ihre Küche ein und stellt ihm ein Schüsselchen mit Essensresten vom Vortag hin, auf dass der Kater seinen Hunger stille.

Plötzlich verdichtet sich der Küchendampf zu einer undurchdringlichen Wolke und man kann nichts mehr erkennen. Als sich der Nebel lichtet, zeigt der vermeintliche Kater unverhofft seine wahre Gestalt. Wie zuvor das Katerfell ist es nun ein ebenso struppiger, hässlicher alter Zauberer, der weder hungrig noch durstig ist, sondern etwas ganz anderes im Schilde führt. Mit zusammengekniffenen Augen schaut er lauernd und spricht:

„Ich bin gekommen, um eine treue Frau zu freien. Deshalb frage ich dich, ob du die Meine werden willst?"

Die Hausfrau ist nicht nur erschrocken, sondern entsetzt und entrüstet ob der Dreistigkeit des Fragenden, denn schließlich ist sie ja bereits verheiratet, hat sogar sieben Kinder! Natürlich weist sie das freche Angebot des alten Zauberers ab, worauf dieser, heftig schimpfend, sich wieder in die Gestalt des zotteligen Katers verwandelt und durch das geöffnete Küchenfenster wieder nach draußen springt. Von ihm zurück bleibt nur ein strenger Geruch nach Baldrian.

Es zeigt sich bald, dass der alte Zauberer seinen Mitleidstrick als armer, hungriger Kater bei sämtlichen Frauen des Dorfes versucht. Doch wie beim ersten Mal wird er von allen verspottet und weggejagt. In den Küchen zurück verbleiben stets andere, starke Gerüche: Melisse, Baldrian und Mäusedreck! Aus den geöffneten Fenstern drohen die Frauen des Dorfes, ihre Männer zu

rufen, die ihm dann das zottelige Fell tüchtig gerben würden, sollte er es wagen, sie nochmals zu belästigen.
Nachdem er fauchend und Funken sprühend hinweg gesprungen ist, stimmen sie einen Spottgesang auf ihn an:

„Du frecher Kater willst uns freien?

Hast einen Bart und spitze Ohren!

Das finden wir so recht zum Schreien

Und werden dich im Kochtopf schmoren!"

Der so verspottete Zauberer ist heftig erbost ob dieser
Schmähungen und belegt die versammelten Frauen des
Dorfes zur Strafe dafür mit einem schrecklichen Bann:

„Seid bestraft für eure Hatz!

Diesen Fluch sprech ich als Katz!

Müsst verlassen eure Männer,

Nicht für Tage, sondern länger!"

Direkt nach dieser schlimmen Ankündigung des alten
Zauberers verfügen die armen Frauen über keinen Widerstand mehr. Mit jenem geheimnisvollen Zwang belegt, müssen sie am selben Tag noch, ihre Häuser, Kinder
und Männer, ja, ihr ganzes Dorf verlassen. Angeführt
von dem alten Zauberer, ziehen sie jetzt unter Tränen tief
in die dunkelsten Wälder, wo sie niemand mehr finden
kann. Erst nach einem schier endlosen Marsch erreichen
sie eine versteckt liegende Schieferhöhle, die ihnen der
Zauberer als Aufenthaltsort zuweist, wo sie künftig ihr

Dasein fristen müssen. Ein neuerlicher Spruch soll die Frauen noch stärker binden:

„Elend' Tiere sollt ihr werden!

Niemals glücklich hier auf Erden!

Habt gedroht und mich geschmäht!

Für die Reue viel zu spät!

Verwandelt euch in Fledermäuse!

Verlasset niemals das Gehäuse!"

Dann erklärt er den Frauen, wie ernst es ihm ist, und spottet:

„Für immer werdet ihr in dieser hübschen Höhle hausen! Von Zeit zu Zeit schaue ich bei euch vorbei, um zu prüfen, ob ihr endlich vernünftig geworden seid. Erst dann, wenn eine von euch bereit ist, meine treue Ehefrau zu werden, kann sie euch damit erlösen! Eure Männer warten sicher schon, und ich habe viel Zeit! Bis dahin lasst es euch hier gar wohlergehen! Ha, ha, ha!"

Was bleibt ihnen übrig, als sich in ihr Schicksal zu fügen? Armselig und hilflos flattern die Frauen nun als Fledermäuse durch die Dunkelheit und hängen sich kopfüber an die Höhlendecke, um sich dort oben in den Schlaf zu weinen.

In ihrem fernen Dorf geht das Leben auch ohne die entführten Frauen weiter. Das Tagewerk muss verrichtet werden. Die Männer holen das Holz für den Winter aus dem Wald, ernten die Kartoffelfelder ab, mähen das Gras mit ihren Sensen, kochen und waschen für ihre Kinder.

Für die Kleinen ist es ganz schlimm; sie vermissen ihre Mütter sehr. Wenn sie dann endlich des Abends in ihren Betten liegen und unter Schluchzen eingeschlafen sind, treffen sich ihre Väter mit den anderen Männern des Dorfes und beratschlagen, was sie noch tun können, um ihre Frauen zu finden. Da man bei Tage keine Zeit dazu hat, macht man sich also des Nachts auf die verzweifelte Suche.

Während sie durch den nachtdunklen Wald stapfen, ist in der Luft über ihnen ein Rauschen zu vernehmen, als würden unsichtbare Flügelschläge ein Klagelied begleiten, welches tausend unhörbare Stimmen singen. Und obwohl die suchenden Männer ganz nahe an der Höhle vorbei ziehen, in der ihre Frauen gefangen sind, finden sie diese nicht. Es ist die Nacht der traurigen Fledermäuse!

Die verwunschenen Frauen führen ein hartes Leben. Getrennt von ihren Männern, müssen sie in dieser schmutzigen Höhle hausen. Nacht für Nacht verlassen sie diese, um sich ein wenig Nahrung zu besorgen- danach kehren sie mit kaum gefüllten Bäuchen im Morgengrauen zurück, um den Tag, an der Höhlendecke hängend, zu verschlafen. Aber nur dort sind sie sicher, denn der alte Zauberer hat ihnen eine weitere, fast schlimmere Plage geschickt: eine stets hungrige, beutegierige Eule!

Sobald die Frauen als Fledermäuse vor Hunger auf Insektenjagd gehen, fliegt die unersättliche Eule Angriff um Angriff auf sie. Zwar greifen ihre tödlichen Klauen meist daneben, doch immer wieder wird eine der Frauen Opfer ihrer mörderischen Jagdlust. Ihre Männer sind weit weg, können ihnen somit auch nicht helfen, diesen Plagegeist loszuwerden.

Da tritt erneut der alte Zauberer auf den Plan, besucht die Fledermausfrauen in ihrer Höhle. Wieder unterbreitet er ihnen sein Angebot, eine von ihnen zu freien, um danach die anderen zurück zu ihren Männern ziehen zu lassen. Doch selbst in ihrem Elend halten die Frauen zusammen und lehnen entschieden ab. Voller Zorn nimmt er daraufhin seine zottelige Katergestalt an, dass es die Frauen graust, und droht ihnen:

„Eine von euch werd ich freien,

Sie soll meine Gattin sein!

Will sie das nicht für mich tun,

Werdet ihr bald nicht mehr ruh'n!"

Wieder macht er ernst mit seiner Drohung! Zur Strafe denkt er sich für die widerspenstigen Frauen eine neue, arge Gemeinheit aus. Tagsüber, während sie schlafend an der Decke hängen, lässt er einen eiskalten Wind durch ihre Höhle fegen, sodass sie selbst in ihren Träumen frieren und tatsächlich nicht mehr ruhen können! Höhnisch verspricht er, so lange wiederzukommen, bis ihr Widerstand gebrochen sein wird.

„Wollt ihr nicht die Meine sein,

Werd ich lange um euch frei 'n!

Bis ihr endlich kommt zu Sinnen,

Dann erst lass ich euch von hinnen!"

Doch so sehr der böse Zauberer die Frauen auch quält, sie bleiben standhaft. Deshalb versucht er, die Frauen mit einer neuen Verkleidung zu täuschen und zu überlisten. In der Gestalt eines jungen, schönen Prinzen reitet er auf einem edlen Ross heran. Mit verführerischer Stimme berichtet er den atemlos Lauschenden, dass er Kunde habe von einem Dorf ohne Frauen, deren Männer darüber ganz verzweifelt seien. Er, der Prinz, kenne den Weg dorthin, bietet an, sie zu führen. Nur müsse eine von ihnen in der Höhle zurückbleiben, falls der alte Zauberer dort auftauchen sollte.

Das hatte er sich fein ausgedacht. Ohne die Unterstützung durch die anderen Frauen, würde er mit dieser allein zurückgebliebenen ein leichtes Spiel haben, um sie für sich zu gewinnen.

Sein heimtückisches Angebot zielt mitten in die Herzen der einsamen und verängstigten Frauen, die deshalb nur allzu bereit scheinen, dem Angebot zuzustimmen. Keine von ihnen schöpft Verdacht, eine jede will nur zurück zu ihrer Familie! Fast schon hätte der alte Zauberer sie mit seiner List geködert. Nur die Dorfälteste wittert jetzt die Gefahr, schnüffelt heftig mit ihrer Nase:

„Riecht ihr nicht die alte Katze?

Will uns fangen mit der Tatze!"

Nun riechen es auch die anderen Frauen; es stinkt nach Melisse, Baldrian und vor allen Mäusedreck! Angeekelt wenden sich die Frauen von dem falschen Prinzen ab, und obgleich sie sich immer noch in der gleichen schlimmen Lage wie vordem befinden, spotten sie:

„Höllenkatze, stinkst nach Mäusedreck!

Zauberkater, komm aus dem Versteck!"

V oll Ingrimm über seine Enttarnung reißt sich der vermeintliche Prinz den Federhut vom Kopfe. Darunter quillt das weiße, ungepflegte Haar des alten Zauberers hervor. Die Frauen klatschen Beifall und lachen ihn aus. Er erkennt nun, dass alle seine bösen Tricks und schlimmen Absichten bei diesen klugen Frauen nicht verfangen. Wenn er dennoch an sein begehrtes Ziel kommen will, dann er muss er seine Vorgehensweise völlig umstellen und ganz woanders ansetzen! Einstweilen wird er sie in Ruhe lassen, um sich stattdessen an deren Männer heranzumachen. Er beabsichtigt, diese auf seine Seite zu bringen, da sie ihn ja nicht kennen. Wenn er auch diese entführt, könnte er sie als Pfand benutzen, denn dann würden die Frauen mit Sicherheit schwach werden und nachgeben!

Noch angetan mit seiner Verkleidung als edler Prinz, begibt sich der Zauberer zu jenem Dorf, um die Männer zusammenzurufen. In seiner Rede führt er den vom vielen Sucher ohnehin erschöpften Männern noch einmal vor Augen, wie schrecklich es ohne Frauen ist. Das wissen die Männer selbst, stimmen ihm deshalb traurig zu. Als er ihnen dann noch von einem Dorf ohne Männer mit vielen einsamen Frauen berichtet, trifft er sie direkt ins Herz. Sofort verlangen die Männer danach zu wissen, wo sich dieses wunderbare Dorf befinde und ob der Prinz sie dahin führen könne. Der alte Zauberer feixt insgeheim. Noch in der gleichen Nacht ziehen die Männer los.

Ohne jeden Argwohn, dass der falsche Prinz sie betrogen haben könnte, folgen sie ihm immer tiefer in die Wälder, dorthin, wo sie selbst noch nie vorher gewesen sind und sie sich auch nicht auskennen. Höhnisch lachend überlässt er sie dort einfach ihrem Schicksal und kehrt noch in derselben Nacht zu den Fledermausfrauen zurück. Triumphierend berichtet er ihnen:

„Nun habe ich auch noch eure Männer in meine Gewalt gebracht! Fürwahr nicht schwer, denn sie sind mir gefolgt wie treue Hunde, als ich ihnen von einem Dorf ohne Männer, dafür aber mit vielen wunderhübschen Frauen erzählt habe! Sie sind eben beileibe nicht annähernd so sittsam und standhaft wie ihr und haben euch schon längst vergessen! Nun sitzen sie im Wald, hungern und frieren, und finden niemals mehr zurück ins Dorf!

Wollt er sie dort sterben lassen? Ihr liebt doch eure Männer! Wollt ihr denn nicht dieses eine, kleine Opfer bringen und sie damit erlösen? Ihr kennt doch meine Bedingung!"

Die Fledermausfrauen beratschlagen verzweifelt, was zu tun ist, denn diesmal glauben sie dem Zauberer. Endlich ergreift jene kluge Dorfälteste das Wort:

„Du hast gewonnen, Zauberer! Wir geben auf! Ich selbst werde es sein, die mit dir geht! Doch gib mir noch eine einzige Nacht, damit ich ein passendes Brautkleid für mich nähen kann. Danach kannst du kommen, mich zu freien!"

Der Zauberer ist mehr als entzückt, dass es ausgerechnet diese widerspenstige Alte ist, die er nun kriegen wird. Sofort willigt er ein und verschwindet in einer Wolke aus Baldrian, Melisse und Mäusedreck. Die Alte schaut ihm kopfschüttelnd nach und streckt ihm noch die Zunge heraus. Anders die übrigen Fledermausfrauen. Sie äußern sich entsetzt ob dieser Entscheidung, umringen ihre Dorfälteste und weinen gar bitterlich. Dieses Opfer scheint ihnen doch zu groß und zu selbstlos. Doch die Alte denkt gar nicht daran, diesem garstigen Zauberer willens zu sein, möchte lediglich Zeit gewinnen. Sie wird die Männer suchen und finden! Aber nicht schon in der Nacht losfliegen, denn das würde der Zauberer merken, sondern erst am frühen Morgen, nachdem die Sonne bereits aufgegangen ist. Sie weiß sehr genau, dass das Sonnenlicht schädlich für eine Fledermaus ist und dass dieses Unterfangen den Tod für sie bedeuten könnte. Diese Tatsache allerdings verheimlicht sie den anderen Fledermausfrauen. Denn lieber will sie sterben, als diesem alten Zauberer ausgeliefert zu sein.

Als die anderen Fledermausfrauen wieder an der Höhlendecke hängen und schlafen, fliegt die Alte los. Doch kaum ist sie im Freien, verliert sie in der grellen Helligkeit die Orientierung. Hilflos und blind flattert sie im Zickzackflug durch das Geäst der Bäume, während die heißen Strahlen der Sonne ihren Körper austrocknen. Lange wird sie das nicht mehr durchhalten können. Ihr Atem geht rasselnd, und aus ihrem Maul fließt Blut; ein sicheres Zeichen, dass ihr Ende bevorsteht. Und so geschieht es, dass sie vom Himmel stürzt, vergebens versuchend, sich an irgendwelchen rettenden Zweigen festzuklammern. Im nächsten Moment fällt die arme Fledermausfrau bewusstlos zu Boden.

Doch das Wunder der aufopfernden Liebe geschieht, sie stürzt zwischen die aufgeschreckten Männer ihres Dorfes und gewinnt ihre menschliche Gestalt zurück. Die verdutzten Männer reden alle auf sie ein, wollen wissen, was mit ihren Frauen passiert ist und wo diese sich befinden. Kaum hat die mutige Alte Bericht erstattet, da ziehen die Männer auch schon los, denn diese Fledermaushöhle kennen sie gut. Als sie nach anstrengendem Marsch endlich dort ankommen, laufen ihnen schon die entzauberten, überglücklichen Frauen entgegen. Riesengroß ist da die Wiedersehensfreude. Selbst diejenigen Frauen, die der tückischen Eule zum Opfer gefallen waren, sind wieder erlöst und wohlauf. Doch nun ist Eile geboten, ins Dorf zurückzukehren, um dort die nötigen Vorbereitungen für die Jubelfeier zu treffen. Der Zauberei soll damit ein Ende bereitet werden!

In Vorbereitung des großen Festes wird nun gekocht, gebacken und gebraut, was das Zeug hält. Ein gewaltiges Feuer wird entfacht, um welches sich dann die ganze Dorfgemeinschaft versammelt. Als Höhepunkt wird natürlich erneut ein Spottlied auf den alten Zauberer gesungen.

„Zauberer und Zauberei,

Damit ist es jetzt vorbei.

Kommt der Kater, um zu freien,

Werden alle Frauen schreien:

Baldrian und Mäusedreck,

Verjagt ist jetzt der Heiratsschreck!"

Ja, dieser Spottvers verfehlt seine Wirkung nicht. Der alte Zauberer, der zur Höhle gekommen ist, um die vermeintliche Braut heimzuführen, findet zu seinem Entsetzen niemanden mehr vor. Nur in der Ferne hört er die Dorfbewohner singen und ihren Sieg feiern. Er erkennt, dass damit seine Zauberkraft auf immer gebrochen ist und dass er sich endgültig in jenen zotteligen, stinkenden Kater verwandeln muss. Niemals mehr wird er Gestalt und Aussehen verändern können!

Während er so sitzt und über sein weiteres Schicksal nachdenkt, hört er plötzlich über sich ein Rauschen wie von unsichtbaren Flügeln. Es ist die nächtliche Eule, die sich auf ihn herabstürzt. Im allerletzten Moment wirft er sich zur Seite und kann gerade noch den tödlichen Klauen entgehen. In der Fledermaushöhle findet er Unterschlupf. Drinnen aber weht ein eiskalter Wind, dass es ihn schrecklich friert, während draußen die mitleidlose Eule lautlos und geduldig ihrer Beute harrt.

„Gar ängstlich muss ich jetzt hier kauern

Kann nicht mehr auf die Frauen lauern

Der Wind zerzaust mein dünnes Fell

In dieser Höhle herrscht die Höll'!"

Ritter Rued

Ritter
Rued

Einst begab es sich, dass in einem kleinen Dorf in Rheinhessen, dort, wo es keine Weinreben mehr gibt, ein Junge zur Welt kam, der einst ein großer Ritter werden sollte. Normalerweise wäre das gar nicht möglich gewesen, denn die Familie, in die der Junge hineingeboren wurde, war bettelarm, und Ritter mussten von adeligem Geblüt sein. Bauernkinder konnten einfach keine Ritter werden.

Das Leben des kleinen Jungen, sein Name sei Rüdiger, ist von großer Entbehrung geprägt; ein täglich Brot gibt es oft nicht. Meist steht nur Gerstenbrei auf dem Tisch und der reicht häufig nicht für alle. Nicht selten muss Rüdiger mit knurrendem Magen ins Bett aus Stroh, in welchem bereits neun seiner Geschwister eng aneinander gedrängt liegen, denn es ist bitterkalt.

Bereits mit fünf Jahren beschließt Rüdiger, seinem ärmlichen Zuhause zu entfliehen, um in der großen, weiten Welt sein Glück zu machen. Das ist damals nichts Besonderes, kleine Kinder auf Wanderschaft zu treffen, aber bei Rüdiger ist das anders. Er ist besessen von dem Wunsch, einmal reich zu sein und – ein Ritter zu werden. Noch ahnt er nicht, dass dies eigentlich unmöglich ist, doch selbst wenn er es wüsste, würde ihn das nicht davon abgehalten haben, es zumindest zu versuchen. Doch hier in Rheinhessen geht das sowieso nicht, Rüdiger muss auf die andere Rheinseite, dorthin, wo die stolzen Burgen grüßen.

Als er den gewaltigen Fluss zum ersten Mal erblickt, ist er beeindruckt und begeistert zugleich, denn auf der gegenüberliegenden Seite sieht er eine trotzige Ritterburg in der Sonne liegen. Ohne sich zu besinnen, entscheidet er sich, dass diese schöne Burg sein zukünftiges Zuhause sein wird. Auf einem alten Fischerkahn, das hat er sich bei dessen Besitzer erbettelt, setzt er über den Rhein und befindet sich nun in seiner neuen Heimat, dem Rheingau.

Er tritt in die Dienste eines reichen Ritters, der in seiner stolzen Burg inmitten der Weinberge wohnt. Obgleich Rüdiger für sein Alter noch recht klein ist, weiß er diesen Nachteil durch viel Witz leicht auszugleichen, und er lernt schnell. Wenn sein Herr mit ausreitet, sitzt Rüdiger nicht, wie man es von ihm hätte erwarten müssen, mit dem Gesicht nach vorne auf seinem Pony, sondern rücklings. Sein adliger Herr spottet:

„Wie willst du denn deine Feinde sehen, Rüdiger, wenn du ihnen den Rücken zuwendest?"

Doch Rüdiger antwortet keck:

„Ich brauche sie nicht sehen zu können, hoher Herr, denn sie machen derart viel Lärm, dass ich sie rechtzeitig hören kann. Sollte sich aber einer von hinten heranpirschen, dann nützt es nichts, wenn ich nach vorne blicke und er mich von hinten erschlägt!"

Das leuchtet dem Ritter nicht so recht ein und er lacht. Doch gar bald sollte er eines Besseren belehrt werden, denn als er einst aus dem Walde geritten war und über seine geliebten Weinberge geblickt hatte, waren plötzlich drei Räuber hinter ihm aufgetaucht, die ihn leicht gefangen hätten, wäre da nicht Rüdiger zur Stelle gewesen. Er, rückwärts auf seinem Pony sitzend, hatte sie rechtzeitig bemerkt und den Schlag, der seinen Herrn tödlich getroffen hätte, abgewehrt. Das gab dem Ritter Zeit, sich umzuwenden und die Räuber in die Flucht zu schlagen. Nicht lange darauf macht ihn der Ritter aus Dankbarkeit zu seinem Knappen; eine hohe Ehre für einen so jungen Bauernburschen.

So erleben die beiden Abenteuer über Abenteuer und der Ruhm des seltsamen Knappen Rüdiger steigt mit jedem seiner Erfolge. Die Zeiten sind unsicher, überall lauern Gefahren, deshalb ist es umso wichtiger, dass der kluge Rüdiger jeden Hinterhalt erkennt, in den sein sorgloser Herr hineinreiten würde.

Als der alte Ritter nach einer Reihe von Jahren stirbt, ist aus Rüdiger bereits ein kühner, großer und unerschrockener Bursche geworden. Doch Rüdiger hat auch noch zwei Dinge vorzuweisen, die ihn von den anderen Burschen unterscheiden. Rüdiger sitzt immer umgekehrt auf seinem Pferd mit dem Rücken nach vorne und dem Gesicht nach hinten. Und er badet gerne. Frühmorgens schon reitet er mit voller Rüstung auf seinem Ross mitten in den Rhein. Wenn er dann wieder aus den Fluten auftaucht, läuft das Wasser in richtigen Sturzbächen aus seiner Rüstung und bildet große Pfützen auf dem Boden. Ross und Reiter lieben diese morgendliche Erfrischung, und danach kann das Tagewerk beginnen. Der alte Ritter lachte immer herzlich über diese Eigenheiten seines Knappen und liebte ihn darob umso mehr. Da sein guter Herr keine Nachkommen hatte, vererbte er seinem treuen Knappen seine stolze Burg Ehrenfels nebst sämtlichen Gütern und Weinbergen. Fortan ist Rüdiger jetzt ein wohlhabender Mann und könnte nun durchaus ein schönes Mägdelein freien, um es zu heiraten. Dass er sich jedoch nicht Ritter nennen darf, das wurmt ihn das sehr, und er beschließt, erst dann eine Frau zu nehmen, wenn er einst diesen begehrten Titel für sich gewonnen haben würde.

Diese Gelegenheit sollte indes nicht lange auf sich warten lassen. Es ergibt sich, dass die Stadt Rüdesheim von einem feindlichen Heer, welches mit Hörnerklang und blitzenden Waffen heranzieht, bedroht wird. Der Rat der Stadt verhandelt mit dem Anführer, bietet viel Geld für eine Schonung, doch umsonst: Der feindliche Heereshaufen lehnt jedes Verhandeln ab, will alles, verlangt nach reicher Beute. In ihrer großen Not wenden sich die

Ratsherren an Rüdiger auf seiner stolzen Burg und versprechen ihm, dass sie sich für dessen Dienste beim Kaiser für ihn einsetzen würden, auf dass er zum Ritter geschlagen werde. Das ist genau die Gelegenheit, auf die Rüdiger gewartet hat. Sofort trifft er seine geheimen Vorbereitungen.

Schon früh am Morgen werden die Hörner zum Angriff auf die Stadt Rüdesheim geblasen und das gegnerische Heer setzt sich langsam in Bewegung. Auf den Schutzwällen, die die Stadt Rüdesheim umgeben, stehen die versammelten Ratsherren und beobachten angsterfüllt das Geschehen. Im nächsten Moment dürfte der Ansturm des feindlichen Heeres beginnen.

Doch da! Was ist das? Das Wasser des Rheins schäumt und gurgelt furchterregend. Hohe Wellen schlagen ans Ufer. Und inmitten der tobenden Wassermassen erscheint eine mächtige Gestalt in blitzender Rüstung und hoch zu Ross. Doch weitaus seltsamer ist, dass diese Gestalt weder Kopf noch Gesicht zu haben scheint. Ein Wesen des Grauens, ein Ritter aus dem Totenreich! Lähmendes Entsetzen macht sich unter den Feinden breit. Ihr Angriff gerät ins Stocken. Gar wunderlich sieht es aus, wie aus dem gepanzerten Wesen das Wasser in dicken Strahlen herausgeschossen kommt; das Ungeheuer speit wahre Wasserfontänen! Als der der Reiter ohne Kopf, bewaffnet mit zwei Lanzen, heransprengt und mit donnernder Stimme ruft, gibt es kein Halten mehr:

„Ich bin der Rüd, der mächtige Rüd, und zermalme alle, die meiner schönen Stadt Rüdesheim ein Leid antun wollen! Flieht, bevor es zu spät ist!"

In wilden Haufen fliehen die Feinde, während Rüdiger ihnen nachbrüllt:

„Kommt nie wieder! Lasst euch nicht noch einmal einfallen, mein geliebtes Rüdesheim anzugreifen! Wir können unseren Wein auch alleine trinken!"

Der Dank der Ratsherren ist groß; Rüdiger wird vom Kaiser, wie ausbedungen, zum Ritter geschlagen und darf sich fortan Ritter Rüd von Rüdesheim nennen.

Man kann ihn jetzt oft schon von Weitem hören, wenn er sein Lied singt. Wie immer sitzt er dabei rückwärts auf seinem weißen Schlachtross:

„Ich bin der Rüd aus Rüdesheim,

Aus Rüdesheim, am schönen Rhein!"

Eines Tages, als der Rüd so durch die Gassen von Rüdesheim reitet, sieht er da einen Bettler sitzen, der mit seiner Kappe kleine Münzen zu erbitten sucht. Der Rüd, großmütig, wie er ist, wirft ihm einen ganzen goldenen Taler in dessen armselige Mütze:

„Nichts für ungut, mein Alter! Lass das Betteln heute sein und geh lieber einen Schoppen trinken. Ich bin sicher, es reicht auch für deren Drei, und wenn ich morgen wiederkomme, gibt's nochmals einen blanken Taler!"

Der Bettler weiß gar nicht, wie ihm geschieht, bedankt sich tausendfach. Als der Rüd lächelnd abwehrt, spricht der Bettler:

„Herr, ich weiß, dass ihr eine Frau sucht, und ich kenne eine, deren Schönheit alles übertrifft, was ihr je gesehen habt. Doch es scheint allzu schwer zu sein, sie zu freien, denn von all den jungen Burschen, die es gewagt haben, ist keiner mehr zurückgekommen! Ganz offensichtlich haben sie sich im Dickicht des Hinterlandswaldes verirrt oder sie haben es nicht vermocht, die weiteren Bedingungen zu erfüllen, die daran geknüpft sind, bevor das Mädchen ihres werden kann. Solltet ihr es ebenfalls versuchen wollen, edler Herr, dann seid vorsichtig, aber ich bin sicher, ihr habt Witz und Verstand genug, die Jungfer zu erringen!"

Das Interesse des Rüd ist geweckt, und nachdem ihm der alte Bettler noch die Richtung gewiesen hat, in die er zu reiten hat, bedankt er sich, indem er diesem einen ganzen Beutel mit Goldtalern zum Geschenk macht, und begibt sich unverzüglich auf den Weg.

Nach anstrengendem Weg ist endlich der Hinterlandswald erreicht. An einer großen Weggabelung weisen fünf Wegweiser in die unterschiedlichsten Richtungen, doch keiner von ihnen sagt auf seiner Vorderseite, wohin die Suche gehen soll. Da aber der Rüd ohnehin rücklings auf seinem weißen Ross sitzt, kann er leicht sehen, was auf der Hinterseite der Wegweiser geschrieben steht. Noch etliche dieser Weggabelungen gilt es zu überwinden, doch dank seiner seltsamen Art zu reiten, verirrt er sich nie.

Endlich öffnet sich der Wald zu einer Lichtung, auf der ein kleines, efeuumranktes Häuschen mit einem roten Dach und lustigen grünen Fensterläden steht. Kaum hat sich der Ritter Rüd dem Häuschen genähert, als sich auch schon die Tür auftut und das schönste Mädchen, das er je gesehen hat, heraustritt und ihn freundlichst willkommen heißt:

„Tretet ein, Fremder, ihr müsst gewiss hungrig und durstig nach eurer beschwerlichen Reise sein. Mein lieber Vater erwartet euch bereits mit einem üppigen Mahl!"

Als der Rüd in die kleine Stube tritt, muss er sich bücken, so niedrig ist die Schwelle und so hoch gewachsen ist er. Aus einem winzigen Fensterlein fällt das Licht auf einen alten Mann, der am Tisch sitzt und einen Krug mit Wein, einen fetten Schinken und duftendes, frisches Brot vor sich stehen hat. Der Rüd erkennt in ihm sofort den alten Bettler, den er so reich beschenkt hat. Dieser lacht, heißt den Rüd ebenfalls willkommen und deutet auf einen freien Stuhl an seinem Tisch:

„Ich sehe, ihr habt den Weg zu uns gefunden habt, edler Herr. Ich wusste, dass euch dies gelingen würde, denn es ist nicht schwer für einen, der rückwärts reiten und auch denken kann. Ihr wart, Herr, so großzügig gegen mich, ohne einen Dank zu fordern, deshalb beschloss ich, euch mein Töchterchen zur Frau zu geben. Ihr wäret mir als Schwiegersohn hochwillkommen, indes müsst ihr, um an euer Ziel zu gelangen, zwei weitere Bedingungen erfüllen. Erstens müsst ihr mehr essen und trinken können, als ich es vermag, und zweitens, müsst ihr drei lange Nächte um mein Töchterlein freien. Doch wird dies keineswegs leicht sein, denn mein Mädchen stellt g hohe Ansprüche an ihren zukünftigen Gatten! Es könnte euch sogar das Leben kosten! Seid ihr dennoch bereit?"

Als der Rüd nur nickt, fordert ihn der Alte auf:

„Kommt, esst und trinkt mit mir nach Herzenslust!"

Das hat sich der Ritter Rüd einfacher vorgestellt. Er dachte, der alte, klapperdürre Bettler könne weder viel essen noch viel Wein vertragen. Darin irrt er sich sehr. Unermüdlich schleppt das liebreizende Töchterlein Krug um Krug, Schinken um Schinken und Brot um Brot heran. Der Alte futtert und säuft, was das Zeug hält. Er singt.

„Brot und Schinken, dazu Wein

Töchterlein, schenk tüchtig ein!

Soll im Trinken und im Essen

Sich mit mir im Kampfe messen!"

Erst als sie sieben Liter Wein getrunken, sieben Schinken verzehrt und dazu sieben Laib des guten Brotes gegessen haben, fällt das Männlein vom Stuhl und unter den Tisch. Auch im Kopf des Rüd dreht sich nun alles. Nur noch schlafen will er- das Töchterlein des alten Mannes fasst den halb ohnmächtigen Rüd bei der Hand und geleitet ihn in seine Kammer. Sie flüstert:

„Essen, trinken nimmersatt

Führ ich euch zur Lagerstatt

Sollt dort harren für drei Nächte

Willens sein der dunklen Mächte!"

Obgleich nicht mehr so recht bei Sinnen, ist der Rüd klug genug, dem Mädchen rückwärts, wie es seine Art ist, in deren Kammer zu folgen. In voller Rüstung lässt er sich auf die Bettstatt fallen und beginnt sofort, laut dröhnend zu schnarchen.

Die dritte der drei Bedingungen gilt es, nun zu erfüllen. Das Mädchen aber zeigt nun sein anderes Gesicht, verwandelt sich in eine zischende Schlange. Sich um die Brust des schlafenden Rüd windend, beginnt sie, diesem in den Hals zu beißen. Doch es will ihr nicht gelingen; ihre Zähne zerbrechen an dem harten Eisen der Rüstung und das Gift rinnt wirkungslos über die Brust des schlafenden Ritters. So vergeht die erste Nacht der Nächte der drei Bedingungen.

In der Zweiten versucht sie, ihn mit ihrem Schlangenblick zu hypnotisieren. Ihre Augen drehen sich in raschen Wirbeln, wollen sein Bewusstsein vernebeln und den Rüd zum Sklaven mach. Doch auch das will ihr nicht gelingen, da der Rüd, bevor er eingeschlafen ist, sein Visier herunter geklappt hat. Die Augen des schlafenden Rüd sind durch das Visier gut behütet. Auch diese zweite Nacht übersteht der Ritter unversehrt.

In der folgenden, der dritten Nacht, schlingt sich die Schlange mit ihrem muskulösen Leib um den Körper des Rüd, damit sie diesen zerquetsche. Doch so sehr sie sich auch müht, windet und presst, die eherne Rüstung hält dem enormen Druck dennoch stand. Trotzdem will die Schlange nicht aufgeben, sucht eine Lücke in der Rüstung, in die sie ihren spitzen Kopf hineinzwängen könnte. Vergebens, keine Ritze tut sich auf, der Ritter bleibt geschützt.

Als der Morgen graut, lässt die Schlange von ihrem Opfer ab und verwandelt sich wieder in das wunderschöne Mädchen. Ihre Hände streicheln den schlafenden Rüd. Noch einige, wenige Schnarchtöne, dann erwacht auch der Ritter. Er fragt:

„Hast du die ganze Zeit hier an meinem Bett gesessen?"

Das Mädchen lächelt geheimnisvoll, bevor es antwortet:

„Nicht ganz, denn du musstest mit mir um dein Leben kämpfen. Aber das werde ich künftig tun, denn du hast mich von dem Zwang erlöst, meine Liebhaber töten zu müssen. Jetzt werde ich dir für immer als deine treue Frau gehören!"

Als der Ritter Rüd von Rüdesheim seine junge Braut rückwärts über die Schwelle seiner Burg trägt, beginnt ein großes Hochzeitsfest im ganzen Rheingau. Selbst der Kaiser entbietet seine Glückwünsche. Vom Vater der Braut erhält der Rüd als Mitgift einen ledernen Beutel voller blanker Taler. Er wird niemals leer, soviel man auch davon ausgibt. Mit diesem Zauberbeutel verbindet der Alte auch seine Segenswünsche an das junge Paar:

„Dass es euch auf dieser Welt

Nicht ermangele an Geld

Dafür soll der Beutel sorgen

Dass ihr glücklich seid auch morgen!"

Josef Dunkelhut

Es war einmal ein junger Steinpilz, der wuchs am Rande einer Sonnenlichtung mitten in der Abgeschiedenheit des Hinterlandswaldes zu einer beachtlichen Größe heran. Das alleine wäre noch nichts Ungewöhnliches, doch dieser Pilz war anders, völlig anders als alle seine pilzigen Artgenossen: Kurz gesagt, er war angeberisch, rechthaberisch und so eitel, dass es fast an Größenwahnsinn grenzte. So überaus eitel und von sich eingenommen war er, dass er nicht einmal wartete, bis man ihn von alleine lobte. Nein, so etwas hatte er nicht nötig. So sang er sein eigenes Loblied und pries sich und seine Eigenschaften in den höchsten Tönen. Aber Eitelkeit und Angeberei reichten diesem Pilz noch lange nicht: Obendrein war er auch noch frech, richtig frech, rotzfrech sozusagen! Allem und jedem fühlte er sich überlegen – haushoch überlegen - und tat dies auch lautstark kund. Etwas weniger Schreierei, ein bisschen mehr Demut hätten diesem Pilz wahrlich besser zu Gesicht gestanden, aber davon war dieser meilenweit entfernt. Doch Hochmut kommt leicht vor den Fall. Leider wohl auch hier! So höret denn die schier unglaubliche Geschichte von Josef Dunkelhut!

Tief im Tann, wo kaum noch das Sonnenlicht hinfällt, befindet sich das Reich der Pilze. An diesen abgelegenen

Ort verirrt sich kein normaler Spaziergänger, kein eifriger Wanderer. Hier kann man sich noch sicher fühlen, unbehelligt bleiben und Spaß am Leben haben. Genauso denkt sich das auch Josef Dunkelhut, unser eitler, angeberischer und frecher Steinpilz. Ohne die geringste Angst, von irgendwelchen Pilzsammlern gefunden und mitgenommen zu werden, hockt er auf dem duftenden Waldboden und schläft fast den lieben, langen Tag. Doch wenn er aufwacht, dann ist er so schrecklich frech und unleidlich, dass es kaum auszuhalten ist. Mit einem breitem Grinsen verkündet er:

„Keine Menschenseele vermag mich zu entdecken! Ich bin so gut wie unsichtbar! Niemand sieht mich, keiner stört mich! Oh, ich glücklicher Steinpilz! Nur ein normaler Steinpilz? Nein! Ein wahrer Glückspilz bin ich! Von prächtiger Wohlgestalt wie ein König und dabei klüger noch als jeder Philosoph! Kein anderer Pilz besitzt meine innere und äußere Größe, kann sich mit mir messen! Ich bin einfach unglaublich exklusiv! Unfassbar exquisit! Unbeschreiblich toll und dabei unentdeckbar! Oh, welch herrliches Pilzleben führe ich hier in meinem Wald!"

In seinem Wald? Wie unbescheiden! Aber er hat ja recht, denn dort, wo er auf seinem dicken Pilzkörper stolz thront, ist er tatsächlich ungestört, kann wachsen und gedeihen und sich vom Sonnenlicht bewundern lassen, das durch das Geäst der Bäume fällt. Sein Wald nährt und behütet ihn. Josef Dunkelhut kann durchaus zufrieden sein. Sein Versteck schützt ihn so sicher vor neugierigen Augen, dass er auch damit prahlen kann, was das Zeug hält. Doch dabei belässt er es nicht, sondern verhöhnt sogar noch „diese blinden und dummen Pilzsammler", wie er sie abfällig nennt:

„Was bin ich doch für ein großartiger Kerl! Ach was, größer noch als großartig! Großgroß, Großgroßartig! Und so schlau! Ach was, schlauer noch als schlau! Oberober, oberoberschlauschlau! Und so schön bin ich! Ach was, schöner noch als schön! Wunderwunder, wunderwunderschönschön! Der größte, schlaueste, schönste Steinpilz im ganzen Rheingau! Und wie gut würde ich erst jedem dieser blinden und dummen Pilzsammler schmecken! Besser noch als gut! Ach, was sag ich? Besser noch als besser! Besserbesser! Fest und aromatisch ist mein Fleisch! Nichts braucht da weggeschnitten zu werden! Keine einzige faule Stelle! Nicht der klitzekleinste Fehler in meinem pilzigen Stamm! Und erst die prächtigen Röhren unter meinem Hut! Pfeifen kann ich damit, dass den blinden und dummen Pilzsammlern Hören und Sehen vergeht und sie nicht wissen, wo sie mich zu suchen haben! Ha, ha! Ich bin so herrlich weiß, weißer noch als weiß! Weißweiß weiß! Wie frisch gefallener Schnee! Köstlich zart ist mein Geschmack! Köstlicher als köstlich, zarter noch als zart! Die allerzarteste Köstlichkeit! Dagegen ist Butter wie das raueste Sandpapier! Und so feinduftend, duftendfein, dass einem sofort das Wasser im Munde zusammenläuft! Natürlich liefere ich die Rezepte, wie man mich am besten zubereiten und genießen sollte, gleich gratis mit! Also hört gut zu und schreibt alles genau auf, ihr blinden und dummen, dummen Pilzsammler:

Am delikatesten schmecke ich in heller Rieslingsauce mit doppelter Crème fraîche! Nehmt aber nur die besten Rieslingweine aus unseren Rheingauer Reben! Dazu braucht es keine störenden Beilagen wie Fleisch oder Knödel! Nehmt mich einfach so, wie ich bin! Rein und natürlich! Auch getrocknet verströme ich die feinsten Aromen und werde so zu einem himmlischen Gaumenerlebnis! Doch dazu müsst ihr mich erst noch finden!!! Ha, ha, ha! Alles in allem bin ich, Josef Dunkelhut, ein rundum famoser Kerl!"

Keiner mag ihm noch zuhören, so sehr ist er von seiner Einzigartigkeit überzeugt. Wenn Josef schläft, dann merkt man an seinem Grinsen im Gesicht, dass er wieder nur von sich träumt; ist er wach, dann gibt er sofort an, dass sich die Balken biegen. Aber nicht allein das ist es, was nervt. Sobald er spürt, dass Pilzsammler in der Nähe weilen und mit ihren Augen den Waldboden nach ihm absuchen, dann pfeift er ganz laut und frech auf all seinen Röhren, damit sie ihn zwar hören, aber eben nicht sehen können. Stets laufen sie in die verkehrte Richtung, suchen an den falschen Stellen. Ohne jeden Erfolg. So führt er die Leute an der Nase herum. Oh, wie genießt Josef Dunkelhut dieses gefährliche Spiel! Er neckt und foppt, ärgert und lockt, dass es eine wahre Freude ist. Selbst die Tiere, die diesem bösen Treiben zusehen, müssen am Ende auch lachen, so genial ist seine Strategie.

„Hallo, hier bin ich! Nein, hier! Oder vielleicht da? Nein, falsch! Andere Richtung! Aber auch da nicht! Dort!! Unter der schlanken Fichte! Hinter der alten Eiche! Direkt neben dem Ameisenhügel! Hier, vor euren blinden Augen, sitze ich! Bückt euch gefälligst, ihr Faulpelze! Reibt euch den Schlaf aus den Augen! Pilzsammler nennt ihr euch! Dabei könnt ihr mich noch nicht einmal riechen! Wozu habt ihr denn Nasen? Hier bin ich! Hier, hier, hier! Vor euch, neben oder hinter euch! Ich, der unbesiegbare, unbezwingbare Josef! Wollt ihr mich denn nicht endlich finden, sammeln und essen? Habt ihr keinen Hunger? Keinen Appetit auf den wohlschmeckendsten, bekömmlichsten, edelsten aller Steinpilze? Keine Lust auf Josef Dunkelhut? Ja, ja, ich warte gerne auf euch! Sucht mich! Pflückt mich! Fresst mich! Wohl bekomm's!"

Solch liederliche Reden sind kaum auszuhalten! Josef scheint vor lauter Arroganz bald überschnappen zu wollen. Jeder, der hier in diesem Teil des Waldes wohnt, ob Tier, Pflanze oder Baum, beklagt sich über ihn. Dieser Josef geht ihnen allen gewaltig auf den Wecker. Gerne hätten sie es gesehen, wenn er doch endlich gefunden worden wäre, aber niemand tut ihnen diesen Gefallen, und so müssen sie seine eitlen Lobhudeleien zähneknirschend weiter ertragen.

Eine schwache Seite freilich hat Josef Dunkelhut dennoch. Er kann es auf den Tod nicht leiden, wenn man ihn „Seppl" nennt. Dann rastet er richtig aus, vergisst seine gute Kinderstube und schreit wie damals das Rumpelstilzchen, bevor es sich das Bein ausriss:

„Halt, halt, stopp! Nicht, nicht weiter diesen Namen sagen! Seppl heiß ich nicht! Der bin ich nicht! Den kenn ich nicht! Das muss ein andrer sein! Ich jedenfalls heiße Josef! Josef Dunkelhut! Und nicht etwa Seppl Semmelweiß oder Mützenkapp'! Wer mich nochmals Seppl nennt, der kriegt was auf die Nase!"

Wer da was auf die Nase oder die Ohren kriegen wird, ist längst nicht klar, doch das Unheil nimmt seinen Lauf. Noch ist es weit entfernt, aber es nähert sich unaufhaltsam. Eine Krähe, die mit ihren scharfen Augen eine verdächtige Gestalt erblickt hat, die soeben mit einem großen Korb und einem blitzenden Gegenstand darin den Wald betreten hat, will Josef vor der Gefahr warnen. Krächzend und mit den Flügeln schlagend, überbringt sie ihm die bedrohliche Botschaft:

„Oh, Josef Dunkelhut, hab acht!

Wer weiß, wer heut zuletzt noch lacht?

Schweig besser still und pfeife nicht,

Sonst ist's um dich gescheh'n, du Wicht!

Aber Josef schlägt alle guten Ratschläge der freundlichen Krähe in den Wind, fühlt sich sicher, hält sich für

45

unauffindbar und pfeift aus all seinen Röhren. Er liebt es, Spottverse auf die blinden, dummen Pilzsammler zu schmieden. Selbstzufrieden trällert er sein Liedchen:

„Ob Pilzragout, ob Pilzomelett,

Ob Pilz mit Soße, Pilzkotelett.

Pilz in der Suppe, Pilz auf dem Brot,

Ob durchgebraten, kross und rot.

Ob Pilz mit Senf, mit Wurst und Ei,

Ich, Josef, bin sofort dabei!"

Kaum hat er sein Spottlied zu Ende gesungen, lacht er schallend und schaut sich neugierig um, ob auch alle Bewohner des Waldes genau zugehört haben und somit merken müssen, wie mutig er ist. Josef ist eben ein mächtig stolzer Pilz und lässt sich durch nichts und niemand beeindrucken.

Doch Übermut tut selten gut! Just an diesem Schicksalstag, als Seppl, Verzeihung, Josef Dunkelhut natürlich, sein wohlverdientes Mittagsschläfchen hält, nachdem er mehrmals sein Spottlied zum Besten gegeben hat, nähert sich die junge Pilzsammlerin, Angelika Sonnenschein, mit ihrem geflochtenen Weidenkorb. Während sie mit einem Wetzstein ihr ohnehin scharfes Messer noch einmal nachschleift, singt sie:

„Ich suche gern und finde auch

Die Pilze für den leeren Bauch

Halten sie sich auch versteckt,

Habe ich sie schnell entdeckt

Vor dem Messer, scharf und lang,

Wird es ihnen Angst und Bang!"

Josef, in der guten Gewissheit seines sicheren Verstecks, gönnt sich nicht bloß ein Nickerchen, sondern schläft tief und fest. So überhört er das behutsame Geräusch der Schritte und merkt auch nicht, dass ihn Angelika aufmerksam betrachtet. Erst, als etwas Kühles, Scharfes seine empfindliche Kehle berührt, wacht er auf. Noch ein wenig verschlafen will er sich die Pilzaugen reiben, als er wahrhaftig zu Tode erschrickt. Direkt vor seinem Gesicht unter dem dunklen Hut blitzt ein Messer im Sonnenlicht. Doch was für ein Messer! Ein echtes Monstrum! Breit und scharf wie das Schwert des Henkers! Dieses Messerschwert wird von einer Hand gehalten, die nicht zittert! Als er seinen Blick an dem dazugehörigen Arm entlang gleiten lässt, sieht er, dass hier eine junge Frau vor ihm kniet und dieses schreckliche Messer an seine Kehle gedrückt hält. Die Tiere, Pflanzen und Bäume, die hier ringsum wohnen und leben, sehen gespannt zu. Josef schreit vor Entsetzen:

„He, du da! Was soll das? Halt, halt und stopp! Stopp-stopp!So geht das nicht! Einem Josef Dunkelhut schneidet man nicht so einfach und ohne seine ausdrückliche Erlaubnis die Kehle durch! Da könnte ja jeder kommen und es versuchen! Was wäre das denn für ein Gedränge hier im Wald! Also, weg mit dem Messer, aber dalli!"

Die Tiere, Pflanzen und Bäume sind sprachlos. So energisch haben sie ihren Seppl, Verzeihung, Josef noch niemals zuvor erlebt. Alle dachten, er sei nur ein Aufschneider, einfach ein Prahlhans ohne Rückgrat. Für so mutig und beherzt hätten sie ihn dann doch nicht gehalten. Auch die junge Pilzsammlerin Angelika hält verwundert inne, nimmt sogar das breite, scharfe Messer von seiner Kehle und fragt:

„Warum willst du dich denn nicht abscheiden lassen? Dafür seid ihr Pilze doch da! Ich sammle Steinpilze für eine schmackhafte Mahlzeit, und du bist doch ein Steinpilz, oder etwa nicht?"

Josef Dunkelhut ist zwar eitel und angeberisch, aber nicht blöd. Normalerweise hätte er sich über das Kompliment „schmackhaft" gefreut, aber jetzt steht hier sein Leben auf dem Spiel. Da ist es kaum angebracht, die Wahrheit zu sagen und dafür den Heldentod zu sterben. Außerdem hört er an der Fragestellung der jungen Pilzsammlerin heraus, dass diese keine echte Expertin auf dem Gebiet der Pilzkunde sein kann. Er weiß, dass allzu viele Leute eine Heidenangst davor haben, einen der ungenießbaren Pilze versehentlich abzuschneiden, ganz zu schweigen von den richtig giftigen. Also nutzt er die Gunst der Stunde und lügt der ahnungslosen Pilzsammlerin frech ins Gesicht:

„Du denkst, ich sei ein Steinpilz und käme dir gerade recht für eine feine Mahlzeit! Weit gefehlt! In Wahrheit bin ich ein ungenießbarer Gallenröhrling. Schon mal davon gehört oder gar genascht? Nein? Das dachte ich mir! Aber ich bin nicht lecker wie ein Steinpilz, sondern bitter wie Galle! Wenn du mit deiner vorwitzigen Zunge mein Fleisch berührst, dann erschrickst du vor meiner Bitterkeit und es fängt ganz fürchterlich an zu brennen! Feuerrote Pusteln brechen um deinen Mund herum auf und nässende Ausschläge auf deiner Haut, die nicht mehr zu stoppen sind! Willst du sowas?"

Natürlich übertreibt Josef Dunkelhut maßlos, will Angelika ängstigen, denn er weiß, dass gerade junge Frauen so entsetzlich eitel sind und es nicht ertragen können, wenn etwas an ihrer Haut oder ihren Körpern nicht in Ordnung ist. An ihren weit vor Entsetzen aufgerissenen Augen erkennt der schlaue Pilz, dass Angelika seinen Worten Glauben schenkt. Um sie gänzlich abzuschrecken, setzt er noch eins drauf:

„Ich kann es dir auch beweisen, du niedliches Dummchen! Komm und lecke mal aus Spaß an mir! Die Pusteln werden schneller sprießen als wir Pilze aus dem Boden!"

Voll Ekel springt die Pilzsammlerin einen ganzen Meter zurück, will mit diesem bitteren Gesellen absolut nichts zu tun haben. Josef Dunkelhut triumphiert insgeheim. Schon atmet er tief durch und beginnt, sich zu entspannen.

Dann freilich wendet sich das Blatt, als eine dünne, hohe Stimme in seiner Nähe in das Geschehen eingreift:

„Glaube ihm nicht, junge Pilzsammlerin! Er lügt wie gedruckt! Natürlich ist er ein Steinpilz und ein besonders schmackhafter obendrein! Er will nur seine Haut retten! Du hättest ihn hören sollen, wie er sich vorhin damit gebrüstet hat, dass ihn niemand finden kann! Ich, der große Josef! Ich, der schlaue Dunkelhut! Ich, der saftigste Steinpilz hier im Walde! Die Krönung einer jeden Mahlzeit! Na, gefällt dir das, Pilzsammlerin? Lass dir doch mal seine Rezepte geben! Pilzomelett mit Speck und Ei, da wäre er sofort dabei! Er badet auch gerne in Rieslingsoße! Einfach köstlich! Nimm ihn beim Wort! Schneide ihn ab und stopfe ihm das Lügenmaul!"

Als Angelika noch zögert, wem sie denn nun glauben soll, fordert sie der böse Gallenröhrling auf:

„Schnapp ihn dir! Reiße ihn in Stücke! Er will dich für dumm verkaufen, weiß, dass wir Gallenröhrlinge, gerade wenn wir jung sind, den Steinpilzen sehr ähnlich sehen. Mich dagegen solltest du nicht nehmen, denn alles, was dieser Josef Dunkelhut über bitteres Prickeln auf der Zunge und Pusteln und Ausschläge gesagt hat, trifft natürlich auf uns Gallenröhrlinge zu. Dieser verehrte Nachbar dort aber ist ein essbarer Steinpilz! Also zögere nicht länger! Nimm dein Messer und schneide diesem verlogenen Seppl ratzfatz den Kopf ab!"

Der so mit dem verhassten Spitznamen beleidigte Josef Dunkelhut greift ein, dreht den Spieß um:

„Ja, junge Pilzsammlerin, schneid mich ab und lass den da stehen! Selbstverständlich bin ich der leckere Steinpilz. Ich werde dir so gut schmecken, wenn du mich erst zu einem Omelette verarbeitet hast. Keineswegs werde ich dir hinterher schwer im Magen liegen! Nein, nein! Ein guter Steinpilz verursacht kein scharfes Brennen im Hals, keine juckenden Pusteln, keine unheilbaren Ausschläge! Deine Haut wird, wenn du mich erst verspeist hast, so weich und makellos werden wie meine eigene Pilzhaut. Komm, überzeuge dich! Berühre mich, streichle meine samtige Haut und dann verzehre mich mit Stumpf und Stiel! Diese letzte Mahlzeit wirst du nie mehr vergessen!"

Autsch, der Stachel sitzt! Der schlaue Josef beobachtet die junge Angelika sehr genau, bemerkt ihr Zögern und fährt listig mit seiner Rede fort. Dabei zeigt er auf den überrascht lauschenden Gallenröhrling:

„Dieser Pilz da sagt die Wahrheit! Verschone ihn besser, denn er ist ein Gallenröhrling! Wenn du ihn kochst, wird dir dein Topf überquellen! Sein galliger Saft wird dir den Herd zerfressen! Dein leckeres Pilzomelette wird grün und blau anlaufen und beim Anschneiden zerplatzen. Dir selbst wird daraufhin ganz schrecklich übel werden!"

Dann setzt Josef noch einmal alles auf eine Karte, pokert um sein Leben. Wieder singt er sein Spottlied auf die blinden, dummen Pilzsammler. Das riskiert er, weil er sich jetzt sicher ist, dass Angelika ihm eben nicht glaubt:

„Ob Pilzragout, ob Pilzomelett,

Ob Pilz mit Soße, Pilzkotelett.

Pilz in der Suppe, Pilz auf dem Brot,

Ob durchgebraten, kross und rot.

Ob Pilz mit Senf, mit Wurst und Ei,

Ich, Josef, bin sofort dabei!"

Ratlos, was sie jetzt machen soll, steht die junge Pilzsammlerin mit ihrem Messer in der Hand. Sowohl Josef Dunkelhut als auch der verräterische Gallenröhrling erwarten gespannt Angelikas Reaktion. Auch die Tiere des Waldes sind wie gebannt. Es herrscht atemlose Stille. Josefs hinterhältiger Plan scheint aufzugehen, denn die junge Pilzsammlerin geht nun hinüber zum Gallenröhrling. Als dieser sie auf den Irrtum hinweisen will, bedeutet sie ihm, mit dem Zeigefinger auf ihren Lippen, zu schweigen. Und im nächsten Augenblick hält sie seinen Pilzkörper gepackt und schneidet ihn erbarmungslos aus dem Waldboden. Der Gallenröhrling kann nicht einmal mehr schreien, so schnell geht alles. Dem siegreichen Josef Dunkelhut, der die Enthauptung seines Widersachers mit großen Augen beobachtet hat, laufen vor Schadenfreude und lauter Lachen die Tränen über das Gesicht. So bemerkt er nicht, was gleich passieren wird. Er lacht noch, als das scharfe Messer der jungen Pilzsammlerin auch seinen fetten Körper ritscheratsche durchtrennt. Angelika, absolut cool und unbeeindruckt, stopft ihn in ihren Korb zu dem Gallenröhrling:

„Ich nehme euch beide, ihr zwei Halunken! Zu Hause werde ich in Ruhe prüfen, wer gelogen hat und wer nicht! Der echte Steinpilz darf dann als Zutat in mein Pilzomelette, der falsche wandert in den Bio-Müll!"

Gemeinsam liegen die zwei ungleichen Pilze nun im Korb und werden rasch nach Hause getragen. Ein letztes Mal klingt es aus der Ferne:

„Ich, Josef Dunkelhut, ich schmecke gut, ich s c h m e c k e gut!"

Beim Aussortieren des Korbinhalts singt Angelika nun selbst ein Spottlied:

„Bist es oder bist es nicht?

Willst mich täuschen, frecher Wicht!

Und der andre lügt nicht schlechter,

Will mich foppen mit Gelächter!"

Während der Gallenröhrling auf dem Kompost landet, verzaubert Josef Dunkelhut mit seinem unvergleichlichen Geschmack Angelikas Mahlzeit. Draußen im Wald bricht gerade aus dem Pilzgeflecht im Boden ein neuer, junger Josef Dunkelhut hervor und verkündet stolz:

„Bin ich nicht ein Prachtkerl? Der schönste, größte, schlaueste …!"

Die Zwillingsfeen

ie immer ist die Fee Rosenblatt unterwegs, um Gutes zu tun. Gestern war es der Bäcker, dessen alter Ofen endgültig kaputt gegangen ist und der deshalb auch kein Brot mehr backen kann. Alle Menschen, die zu ihm in den Laden kommen, um frisches Brot zu kaufen, müssen hungrig und mit leeren Taschen wieder nach Hause gehen. Bis, ja, bis die gute Fee Rosenblatt ihm zu Hilfe kommt. Mit einem Schwenk ihres Zauberstabs und einem geflüsterten Spruch hat sie den alten Backofen wieder in Ordnung gebracht. Groß ist da der Jubel der Menschen, und alle Kinder halten dicke Scheiben frischgebackenen Brotes in den Händen.

Heute geht es für die gute Fee Rosenblatt zum Schuster, der die Miete für seine kleine Werkstatt nicht bezahlen kann. Weil er kein Geld mehr hat, vermag er auch kein Leder für seine Schuhe zu kaufen, sodass seine Kunden barfuß laufen müssen. Der Fee Rosenblatt ist es zwar verboten, mit Geld auszuhelfen, dafür aber hat sie einen ganzen Ballen besten Leders mitgebracht, sodass der Schuster endlich wieder arbeiten kann: Alte Schuhe neu besohlen und weitere Paare herstellen, um wieder gutes Geld damit zu verdienen. Bald schon werden seine Kunden nicht länger auf Strümpfen laufen müssen.

Morgen, das weiß die gute Fee Rosenblatt bereits heute, geht es zu einem Zimmermann, dem sie neues Holz besorgen muss, weil sein gesamtes Lager abgebrannt ist. Mit diesem neuen Holz kann er dann endlich wieder Häuser bauen, darin die Menschen wohnen, essen und ruhig schlafen können. Gerade im Winter, wenn es stürmt und schneit, brauchen die Menschen ein warmes Dach über dem Kopf und ein sicheres Zuhause.

Doch wie kommt es, dass der Bäcker, der Schuster und der Zimmerer so viel Pech haben und mit ihnen auch die anderen Menschen betroffen sind? Nun, daran ist die Zwillingsschwester der guten Fee Rosenblatt schuld. Diese Schwester mit dem bezeichnenden Namen „Löwenzahn" ist nämlich eine böse Fee, und wie ein Löwe schlägt sie die Zähne in ihre hilflose Beute. Löwenzahn freut sich, wenn sie anderen ein Leid zufügen kann. Sobald Schwester Löwenzahn etwas Böses angestellt hat, muss die gute Fee Rosenblatt es wieder in Ordnung bringen.

Nun, Bäcker, Schuster und Zimmerer sind wieder zufrieden und arbeiten fleißig, doch nun trifft es die gute Fee Rosenblatt selbst. In ihrem kleinen Häuschen tief drinnen im Wald hat sie vergessen, die Kerze auf dem Küchentisch zu löschen, bevor sie unterwegs zu neuen guten Taten ist. Ihrer bösen Zwillingsschwester Löwenzahn ist das nicht entgangen und deshalb pustet diese so lange durch eine Ritze in der Holzwand, bis die Gardinen am Fenster Feuer fangen und das ganze Häuschen mit allem, was sich darin befindet, abbrennt.

Jetzt benötigt Rosenblatt selbst Hilfe. Da sie nur anderen Menschen Gutes tun kann, für sich aber nicht zaubern darf, muss sie nun für sich betteln gehen. Also macht sie sich auf den Weg, um vom Bäcker ein Brot, vom Schuster ein Paar Schuhe und vom Zimmerer ein wenig Holz für ein neues Häuschen zu erbitten.

Doch ihre böse Schwester Löwenzahn ist ihr bereits zuvorgekommen und hat Bäcker, Schuster und Zimmerer verboten, ihrer Schwester zu helfen. Als Rosenblatt endlich bei diesen drei Handwerkern anklopft und um Hilfe bittet, da gibt ihr der undankbare Bäcker ein so trockenes Brot, dass sie sich daran die Zähne ausbeißt. Auch der Schuster ist nicht mitleidiger, schenkt ihr ein Paar Schuhe, deren Sohlen aus Papier sind, damit sich die arme Rosenblatt die Füße wund läuft. Genauso macht es der Zimmerer. Altes, morsches und zum Bauen gänzlich untaugliches Holz überlässt er ihr, sodass es in der neuen, aber schäbigen Hütte tüchtig zieht und es bitterkalt ist. Rosenblatt friert ganz jämmerlich.

So schrecklich schlimm ist ihre Lage, dass sie glaubt, es wäre besser, barfuß durch den Wald auf der Suche nach etwas Essbarem zu streifen und zu frieren, als drinnen im Häuschen zu verhungern oder zu erfrieren. Vielleicht finden sich dort draußen ein paar vertrocknete Beeren, ein paar Wurzeln oder wenigstens der eine oder andere schimmelige Pilz, um den schlimmsten Hunger zu stillen. Doch selbst das will sich nicht finden lassen, und ihr Magen knurrt weiter.

Als Rosenblatt suchend und frierend umherirrt, nähert sich ihr ein junger Mann in gar prächtiger Kleidung. Alles, was er trägt, ist auf das Vornehmste geschneidert: dunkelbraune Beinkleider aus weichstem Hirschleder, ein hellbraunes Wams aus edlem Samt und auf dem Kopf ein waldgrüner Jägerhut mit weißem Fellbesatz. Ganz gewiss ist er von noblem Geblüt, ein echter Prinz, der in einem schönen Schloss wohnt und ein sorgenfreies Leben führt.

Rosenblatt, seiner ansichtig werdend, will sich verstecken, doch der Fremde hat sie bereits gesehen. Er ist von Rosenblatts Schönheit aufs Äußerste angetan, will sie ansprechen, aber die Fee macht sich unsichtbar und enteilt unerkannt.

All das hat die böse Fee Löwenzahn beobachtet. Sie kocht vor Wut auf ihre Zwillingsschwester, obgleich diese ja überhaupt nichts verbrochen hat. Im Gegenteil! Rosenblatt ist geflohen, bevor dieser Fremde sich ihr hatte vorstellen können. Löwenzahn hingegen kennt ihn, weiß, dass er ein Prinz aus bester Familie ist. Wäre sie an Rosenblatts Stelle gewesen, würde sie ganz anders gehandelt haben. Sie hätte versucht, diesen Prinzen mit ihren geheimen Feenkräften für sich zu gewinnen. So aber nimmt sie es ihrer Schwester Rosenblatt übel, dass sie, Löwenzahn, nicht an deren Stelle gewesen war! Auch über den Prinzen selbst ist sie erbost, weil sie gesehen hat, wie angetan dieser von ihrer schönen Schwester Rosenblatt ist. Löwenzahn selbst hätte bei diesem Prinzen nicht den Hauch einer Chance, denn sie weiß inzwischen, dass sie hässlich von Angesicht ist. Irgendwann, in einem heftigen Streit zwischen den beiden Schwestern, hatte ihr Rosenblatt zu verstehen gegeben, dass sie von ihrer Mutter den Namen Löwenzahn erhalten habe, weil sie so schrecklich hervorstehende Zähne hat. Rosenblatt dagegen besitzt Zähne so rein und makellos wie seltene Perlen. Natürlich hat Löwenzahn ihr Äußeres noch niemals zuvor gesehen, weil es für Feen verboten ist, in einen Spiegel zu schauen. Die Fee, welche diesem strengen Verbot nicht gehorchte, würde für immer aus der Zunft der Feen ausgeschlossen und damit auch ihrer Zauberkraft verlustig gehen. Auch ihr Feenstab mit dem Stern darauf würde zerbrochen werden. Dass ihre Schwester Rosenblatt wunderschön ist, das kann Löwenzahn ja selbst sehen, dazu braucht sie keinen Spiegel.

Während Rosenblatt sich immer noch auf der Flucht vor dem Prinzen befindet, hat Löwenzahn die Gestalt und das Aussehen ihrer Schwester angenommen. Das kann sie zwar für eine gewisse Zeit, doch nicht allzu lang, weil dann ihr eigenes Äußeres urplötzlich und noch intensiver wieder hervor tritt.

Löwenzahn, in ihre schöne Schwester Rosenblatt verwandelt, nähert sich dem Prinzen, der noch immer nach der richtigen Rosenblatt Ausschau hält. Mit der süßesten Stimme flötet sie:

„Wen oder was suchet ihr, Fremder? Kann ich euch dabei behilflich sein?"

Der Prinz, völlig überrascht, dieses schöne Mädchen so plötzlich wieder vor sich zu sehen, gibt sich galant. Sofort überhäuft er die vermeintliche Rosenblatt mit den allerzierlichsten Komplimenten. Ja, er lädt sie ein, umgehend mit ihm auf sein Schloss zu kommen, wo er sie seinen Eltern als seine Braut vorzustellen beabsichtigt. Ganz benommen von ihrem Liebreiz, widmet er ihr ein Gedicht:

„Hab' mein Glück ich jetzt gefunden,

Mag sie lassen nimmermehr!

Ihre Äuglein, liebestrunken,

In der Sehnsucht mich verzehr!"

Doch während er so spricht, merkt der Prinz, dass etwas nicht stimmt. Auch Löwenzahn, die wie berauscht seinen zärtlichen Worten gelauscht hat, spürt eine Veränderung mit sich vorgehen. Die Zeit, die ihr für die Verwandlung gegeben ward, scheint abgelaufen zu sein. Als Erstes zeigen sich die hässlichen Zähne in ihrem noch schönen Gesicht. Der Prinz, der fast dabei war, ihre roten Lippen zu küssen, stößt sie entsetzt von sich. Löwenzahn fällt zu Boden und liegt weinend im Schmutz, während der Prinz seinem Ross die Sporen gibt und davonsprengt. An ihre Schwester gerichtet, die doch völlig unschuldig an ihrem Elend ist, schwört sie unter Tränen:

„Die böse Schmach, mein Schwesterlein,

Vergess' ich nie, zahl sie dir heim!

Willst stehlen mir den Liebsten mein!

Das darfst du nicht, das kann nicht sein!"

Nun, das beabsichtigt die arme Rosenblatt ja überhaupt nicht. Schließlich ist es Löwenzahn selbst, die den Betrug inszeniert hat! Doch in ihrer Wut will Löwenzahn die Schuld für ihr Scheitern der Schwester in die Schuhe schieben.

Doch die Unschuldigste ist machtlos, wenn es die böse Gegnerin so will. Löwenzahn hat geschworen, sich zu rächen, und verliert dabei keine Zeit. Bereits in der nächsten Vollmondnacht tritt sie in den Kreis der Feen, die sich hier auf einer Waldlichtung versammelt haben, und bittet um Gehör. Die Fee, die heute Nacht den Vorsitz führt, fordert Löwenzahn auf zu sprechen:

„Welches ist dein Begehr, liebe Schwester? Hiermit erteile ich dir das Wort! Nun sprich!"

Unter falschen Tränen berichtet Löwenzahn, dass sie ihre Zwillingsschwester Rosenblatt beobachtet habe, wie diese mehrfach in einen Spiegel geschaut und große

Freude an ihrer Schönheit gezeigt habe. Sie, Löwenzahn, habe die Schwester daraufhin zur Rede gestellt, ob sie sich denn gar nicht schäme. Rosenblatt aber habe nur gelacht und gesagt, dass sie, Löwenzahn, besser nicht in einen Spiegel blicken solle, weil sie dann über ihre eigene Hässlichkeit zu Tode erschrecken werde.

Stimmengewirr erhebt sich; die anwesenden Feen sind empört. Diese eitle Rosenblatt habe ganz offensichtlich gegen die ungeschriebenen Gesetze der Feenzunft verstoßen und zudem noch ihre arme Zwillingsschwester beleidigt. Das sei eindeutig zu viel! Die Versammlung der Feen beschließt einstimmig, dieser unwürdigen Rosenblatt die Feenkräfte zu entziehen und deren Zauberstab zu zerbrechen. Auch Löwenzahn stimmt dieser Entscheidung freudig zu.

Noch ahnt Rosenblatt nichts von dem Fluch, der sie getroffen hat. Ganz zufällig und ohne dass sie sich verstecken oder wieder fliehen kann, begegnet sie dem genasführten Prinzen, der ihr heftige Vorhaltungen macht:

„Wie konntest du mich so verprellen? Du hast aufs Ärgste mit meinen Gefühlen gespielt! Ich war dabei, dir mein Herz zu schenken, und du hast dich über mich lustig gemacht! Meinen geliebten Eltern wollte ich dich vorstellen, dich bitten, meine Gemahlin zu werden! Und du? Was machst du? Hast plötzlich Zähne wie ein Löwe und zeigst mir damit deine Verachtung! Schäme dich ob deines unwürdigen Tuns!"

Nach dieser Strafpredigt reitet der Prinz von dannen und lässt eine völlig verstörte Rosenblatt zurück. Als sie erfährt, dass auch ihr Feendasein beendet ist, zerbricht sie eigenhändig ihren Zauberstab und legt ihr Gewand mit den Monden und Sternen darauf ab. Tief betrübt geht sie zurück nach Hause. Dort ist es weiterhin kalt und ungemütlich. Nicht der kleinste Bissen Brot findet sich. Auch die letzte Kerze ist niedergebrannt. Alles, so scheint es, hat sich gegen Rosenblatt verschworen; in ihrer großen Not weint sie bittere Tränen.

Hat das grausame Schicksal denn gar kein Mitleid mit der ehemaligen guten Fee Rosenblatt? Doch es hat! Gerade nähert es sich in Gestalt dreier wackerer Handwerker: Bäcker, Schuster und Zimmermann. Alle tragen sie große Bündel auf ihren Schultern. Ganz offensichtlich ist es ihnen gedämmert, dass ihnen Rosenblatt nur Gutes getan hat, während die Schwester Löwenzahn immer nur Böses im Schilde führt. Wie es scheint, wollen diese Drei sich bei der armen Rosenblatt entschuldigen, sich bei ihr noch nachträglich bedanken. Zu diesem Zweck hat der Bäcker frisches Brot, leckere Brezeln und einen süßen Kuchen mitgebracht; der Schuster ein Paar gefütterte Stiefel und warme, gemütliche Filzpantoffeln; der Zimmermann schöne, stabile Bretter aus duftendem Lindenholz, mit denen er sofort beginnt, ein kuscheliges neues Zuhause für Rosenblatt zu bauen. Die kann ihr Glück kaum fassen, tollt herum, beißt in die Brezel und schlüpft in die warmen Filzpantoffeln.

Währenddessen freilich ist ihre Zwillingsschwester Löwenzahn auf dem Weg ins Schloss des jungen Prinzen. Wieder hat sie Gestalt und das Aussehen ihrer Schwester Rosenblatt angenommen. Das kann sie jetzt, da Rosenblatt keine Fee mehr ist, durchaus tun, ohne dabei Angst haben zu müssen, dass die Zeit sie überrascht. Als der Zimmermann den letzten Balken gesetzt und festgenagelt hat, befindet sich Löwenzahn bereits im Schloss und erzählt dem überraschten Prinzen eine neue Lügengeschichte.

Entsprechend dieser neuerlichen Lüge sei es so gewesen, dass ihre böse Schwester Löwenzahn ihr, der nichtsahnenden Rosenblatt, die Gestalt und das Aussehen gestohlen habe, um sich damit den Prinzen zu angeln. Gottlob, so lügt die verkleidete Löwenzahn, sei ihr das nicht gelungen. Deshalb sei sie, Rosenblatt, nun hier, um ihren geliebten Prinzen endlich heiraten zu können. Der ahnungslose Prinz glaubt diese freche Lüge nur gar zu gern, will sich mit der falschen Rosenblatt sofort verloben. Das Schicksal aber raunt:

„Glaub ihr nicht das falsche Reden,

Denn sie lügt, dass Gott erbarm!

Wirf sie in den Raum daneben,

Ins Verlies zum Rattenschwarm!"

Der Prinz aber ist zu verliebt, um auf irgendwelche Warnungen zu hören. Stattdessen stellt er die falsche Rosenblatt seinen nichtsahnenden Eltern vor. Diese heißen die schöne Schwiegertochter herzlich willkommen. Des Schicksals feine Stimme aber raunt erneut:

„Dieser Prinz lässt sich betrügen,

Ist vor Liebe einfach blind!

Glaubt ihr diese schlimmen Lügen,

Schlägt die Warnung in den Wind!"

Man kann das böse Spiel der lügnerischen Löwenzahn kaum noch mit ansehen. Doch viel Zeit zum Eingreifen bleibt nicht mehr, denn oben im Schloss werden bereits die Hochzeitsvorbereitungen getroffen.

Eilig gehen die drei Handwerker an eine neue Arbeit: Sie backen und schustern, hämmern und sägen. Als sie damit fertig sind, lassen sie sich mit ihren Geschenken für die falsche Rosenblatt im Schloss anmelden.

Der Schuster hat der falschen Rosenblatt gar zierliche Stiefelchen mitgebracht. Rasch schlüpft sie mit ihren Füßchen hinein, kann aber nicht wieder heraus. Das Gehen fällt ihr schwer und sie humpelt, stolpert und fällt. Zornig beißt sie in den Kuchen, den der listige Bäcker eigens für sie gebacken hat. Doch, herrje, ihre Zähne kleben fest im Teig, und so heftig sie auch zerrt und reißt, diese werden lang und länger wie die Fangzähne eines wilden Löwen.

Da naht der Zimmermann mit einem gefertigten Spiegel. Zum ersten Mal in ihrem Leben schaut Löwenzahn in ihn hinein. Es ist keineswegs das schöne Gesicht ihrer Schwester, sondern ihr eigenes mit den hervorstehenden Zähnen. Der Spiegel lügt nicht, lässt sich nicht betrügen, zeigt, für alle sichtbar, erbarmungslos eine hässliche Löwenzahn!

Auch Löwenzahn, die gegen die strengen Regeln der Feenzunft verstoßen hat, indem sie verbotenerweise in einen Spiegel geschaut hat, verliert damit ihre Zauberkraft; sie wird in ihre wahre Gestalt zurück verwandelt. Schlimmer noch: Weil sie die Feen zusätzlich auch belogen und betrogen hat, setzen ihr diese zwei Bockshörner auf den Kopf und jagen sie unter allgemeinem Gelächter hinaus aus dem Schloss und hinein in den dunklen Wald.

Die echte Rosenblatt könnte jetzt wieder ihre Feenkraft zurück erhalten, denn Löwenzahn hatte ja, wie man sehen konnte, gelogen. Doch sie verzichtet gerne darauf, weil sie sonst keinen Menschenmann hätte heiraten können.

Bald darauf sind die Hochzeitsfeierlichkeiten in vollem Schwange. Die Braut trägt ein Kleid aus Tausenden weißer Rosenblätter. Über ihrem Haar liegt ein Schleier aus feinster Seide mit kostbarer Spitze. Darauf ein allerliebstes, goldenes Krönchen. An ihren Schuhen mit den zierlichen Absätzen hat der wackere Schuster ganze vier Wochen gearbeitet.

Eine volle Woche wird gefeiert, Spielleute begleiten mit ihrer Musik Festmahl auf Festmahl. Der treue Bäcker hat sich selbst übertroffen und eine Torte aus rosa Zuckerschnee gefertigt. Der unbestechliche Spiegel des Zimmerers schmückt nun die Stirnseite im großen Thronsaal.

Nachdem er König geworden ist, regieren Rosenblatt und ihr Märchenprinz dort glücklich bis an ihr Lebensende.

Was aber ist mit Löwenzahn? Eigentlich hätte sich keiner um sie kümmern müssen, aber die gutherzige Rosenblatt hat angeordnet, dass ihre Schwester in dem hübschen, kleinen Häuschen wohnen darf, das ihr der Zimmerer einst aus duftendem Lindenholz gebaut hatte. Auch soll es ihr nicht an Essen mangeln, denn der Bäcker hat Order, ihr zwei Mal in der Woche frisches, gutes Brot zu liefern. So sitzt Löwenzahn, angetan mit Rosenblatts warmen Filzpantoffeln, und hat jetzt viel Zeit zum Nachdenken über das Gute und das Böse. Ein letztes Mal flüstert des Schicksals Stimme:

„Fällt das Schicksal erst sein Urteil,

Bleibt den Menschen keine Wahl!

Gab es vordem auch viel Unheil,

Ist vorbei jetzt dessen Qual!"

Die vertauschten Spiegel

on seinem stolzen Schloss hoch über dem Rheintal herrschte einst ein mächtiger König. Doch obgleich er schrecklich böse und tyrannisch war, kam es kaum einem seiner Untertanen in den Sinn, diesen grausamen König zu kritisieren oder gar zu stürzen. Diejenigen, die es dennoch wagten, bereuten es schnell. Ehe sie sich versahen, landeten sie, in eiserne Ketten gelegt, in den tiefsten Verliesen seines Schlosses. Schlimmer noch, der König wusste bereits Tage im Voraus, was ihn da Übles ereilen sollte, und er konnte sich in aller Ruhe darauf einstellen. Kein Wunder, denn dieser König besaß etwas, das ihn unüberwindlich und unbesiegbar werden ließ. Er brauchte dazu nur in seinen Zauberspiegel zu blicken, der in seinem Schlafgemach an der Wand hing. Regte sich Widerstand bei seinen Untertanen oder zog gar ein feindliches Heer heran, welches das Reich bedrohte, zeigte ihm dies sein Zauberspiegel immer rechtzeitig an.

Auf seiner kostbar geschliffenen Oberfläche bildete dieser wunderbare Spiegel eine exakte Landkarte des gesamten Königreiches ab. Sobald sich innerhalb oder an einer der Grenzen etwas bewegte, was ungewöhnlich oder gar besorgniserregend erschien, würde dies der Spiegel schon aufzeigen, bevor es überhaupt stattfand, sodass der König beizeiten die geeigneten Vorkehrungen treffen konnte. Dieser absolut unschätzbare Vorteil all seinen Feinden gegenüber versetzte den König in die komfortable Lage, seine eigenen Truppen immer dorthin zu verlegen, wo seine Feinde später angreifen würden. Durch diesen Umstand gerieten diese regelmäßig in einen Hinterhalt, aus dem sie sich nicht mehr befreien konnten. Gerade deshalb hielt man den König für den größten Generalissimus, obwohl dieser Ehrentitel allein seinem Zauberspiegel gebührte.

Diesen Spiegel hatte sich der König einst von einem im ganzen Rheingau berühmten Glaskünstler schneiden lassen. Hinterhältig und geizig, wie der König aber war, prellte er diesen dann nach getaner Arbeit um den versprochenen Lohn. Kurzerhand ließ er den armen Künstler auch noch in den finstersten Kerker werfen, damit dieser unmöglich einen zweiten Spiegel dieser Art schaffen konnte.

Überdies besaß der Zauberspiegel noch eine weitere höchst besondere Eigenschaft. Wann immer sich die Königin davor stellte und sich in seiner Kristallfläche spiegelte, verschwanden die Konturen des Reiches und an ihrer statt erschien eine zauberhafte Gartenlandschaft. Die eitle Königin, die es ohnehin sehr genoss, durch elegante Gärten zu flanieren, sah sich darin im Zentrum als eine frisch erblühte Rose, die alle anderen Blumen überstrahlte. Bewegte sich die selbstverliebte Königin vor dem Spiegel auf und ab, so zeigte er sogar, wie die königliche Rose in ihrem eigenen Zaubergarten lustwandelte und sich amüsierte.

Dieses herrliche Vergnügen freilich war der Königin allein nur dann vergönnt, wenn ihr Gemahl, der große Feldherr, nicht selbst in dem Spiegelbild seine Schlachten vorbereitete. Tagelang konnte er so stehen und befehlen und, ähnlich wie sein eitles Weib, gar nicht genug davon bekommen, sich selbst ob seiner Heldentaten zu bewundern und zu lobpreisen. Diese egoistische Selbstverliebtheit zweier Menschen musste zwangsläufig zu häufigen Konflikten mit seiner holden Gemahlin führen, die gerne selbst vor dem Zauberspiegel gestanden und sich als Rose zugelächelt hätte. Kam es dann zum Streit zwischen den beiden Gatten, so behielt der tyrannische König stets die Oberhand, denn er konnte ihr damit drohen, dass dann, wenn er seine Feinde nicht rechtzeitig zu sehen bekäme, diese das Schloss überfallen und die aufmüpfige Gemahlin statt in den Garten ins Verlies werfen würden. Diesem Schreckensbild hatte die erboste Königin natürlich nichts entgegenzusetzen und musste sich wohl oder übel beugen und auf eine künftige Gelegenheit hoffen. Der siegreiche König aber höhnt:

„Wenn ihr, als Gemahlin mein,

Nicht den Spiegel lasset sein,

Wird er mir nicht zeigen mehr,

Wenn sich naht des Feindes Heer!"

Nun, gehorchen muss zwar auch eine Königin, wenn der Gatte es befiehlt. Doch welche Frau würde sich, trotz des Verbotes, davon abhalten lassen, in den Spiegel ihrer Sehnsüchte zu blicken, wann immer es sie danach gelüstet? Nach kluger Weiberart schweigt sie deshalb erst einmal dazu, ist aber ständig in ihrem Kopf mit der Lösung des leidigen Problems beschäftigt.

Hatte ihr der Gatte in seiner Gegenrede nicht mit dem Verlies gedroht, in das sie, die Königin, geworfen werden könnte? Verlies? Ja, Verlies! Hatte der Gatte nicht auch seinerzeit diesen Glaskünstler in ein solches werfen lassen? Die Lösung liegt nahe! Zu diesem Glaskünstler muss sie gehen und ihn mit der Anfertigung eines zweiten Spiegels beauftragen! Eines Spiegels, der nur ihr gehört und in den sie so oft schauen darf, wie sie nur möchte! Ihr folgendes heimliches Geflüster hätte dem mächtigen König wohl kaum gefallen:

„Ist mein Spiegel mir genommen,

Hab' ich auf die List gesonnen!

Muss ein eigner Spiegel her,

Oh, ich sehn 'danach mich sehr!"

Natürlich weiß sie genau, dass der König ihr nie die Erlaubnis erteilen würde, zu diesem Glaskünstler ins Verlies hinabzusteigen. Deshalb muss es eben gegen seinen Willen geschehen. Ohne jegliche Gewissensbisse ob ihres verbotenen Treibens begibt sich die Königin in das unterste Kellergewölbe des Schlosses. Hier, wo sich Folterkammer und Verliese befinden, sind die Wände feucht und klamm von den häufig aufsteigenden Rheinnebeln, und die engen Zellen mit ihrem Schmutz schaurig und abstoßend.

Mit vielerlei Lügen und blanken Talern bringt die Königin die Wachen dazu, ihre Pflichten zu verletzen und ihr Zutritt zu gewähren.

Die eisernen Riegel fallen, dann öffnet sich knarrend die schwere Zellentür. In einer Ecke, direkt unter einem winzigen, vergitterten Fensterloch, kauert ein Mann in Ketten. Seine Kleider sind so fadenscheinig und der Körper derart abgemagert, dass man meinen könnte, er wäre nicht mehr am Leben. Nur mit größten Mühen hebt das klapprige Lumpenbündel seinen Kopf. Die Königin bedeutet der Wache, sie alleine mit dem Gefangenen zu lassen. Dann beginnt sie mit lockender Stimme:

„Höre, Glasschneider, was ich dir vorzuschlagen habe! Dieses elende Dasein hier drinnen ist deiner nicht würdig. Wahrlich Besseres hättest du verdient, denn du bist ein Mann von großer Kunst! Gewiss ist dir kalt und du bist hungrig und durstig! Ich werde Order geben, dass du künftig gutes Essen, warme Kleidung und eine weiche Lagerstatt erhältst. Als Gegenleistung für meine edle Großzügigkeit bitte ich dich nur um einen kleinen Gefallen! Du sollst einen zweiten Zauberspiegel für mich nach meinen Vorstellungen anfertigen! Willigst du ein, so soll es dein Schaden nicht sein! Du wirst nach Abschluss deiner Arbeit reichen Lohn erhalten und darfst danach als freier Mann das Schloss verlassen. Nun, ist das ein gutes Angebot?"

Der Glaskünstler tut, als überlegte er, obwohl ihm sofort klar ist, dass dies seine einzige Chance ist, hier aus dem Verlies endlich herauszukommen. Warum sollte er auch all diese Wohltaten ablehnen? Da er aber aus dem niederträchtigen Verhalten des Königs gelernt hat, weiß er, dass er auch dieser Frau nicht trauen kann. Wie könnte sie sich über die Anordnung des Königs hinwegsetzen? Nach erfolgter Arbeit würde sie ihm erneut alles nehmen oder gar seine Lage noch verschlimmern! Doch er lässt sich nichts anmerken, muss erst einmal Zeit gewinnen. Also willigt er ein, erklärt aber, dass er hier in diesem Elendsloch nicht arbeiten könne, da er für die Herstellung des Spiegels viel Licht und ein großes Atelier benötige.

Die Königin, hocherfreut über seine rasche Zusage, erteilt umgehend Anweisung, dem Künstler in einem entlegenen Teil des Schlosses eine Werkstatt einzurichten und für alles, was er fordere, aufmerksamste Sorge zu tragen. Bereits wenige Tage später bezieht der Glaskünstler seine neue helle und großzügige Atelierwohnung.

Die Königin, die fast täglich kommt, um sich vom Fortgang der Arbeiten zu überzeugen, sieht nichts auf der noch wie blinden Oberfläche als ein Gewirr feiner und feinster Linien, Bögen, Kurven und Arabesken. Der Künstler erklärt, dass diese erst die Grundlage für die anstehende Verwandlung in einen Zauberspiegel bildeten. Die Königin ist zufrieden, drängt und drängelt nicht, gibt sich ganz ihrer Vorfreude auf die bald erblühende Rose in ihrem Phantasiegarten hin, während der Künstler an seinen Gravuren feilt. Seine Ziele und Absichten unterscheiden sich völlig von denen der träumenden Königin, weisen in eine ganz andere, sehr viel realere Richtung:

„Wo glänzt Glas und wo trübt Stein?

In die Fläche ritz' ich ein,

Bilder aus der falschen Welt,

Wie es ihr wohl kaum gefällt!"

Nachdem er sich von den Strapazen seiner Haft erholt und sich das gute Essen hat schmecken lassen, naht auch langsam die Stunde der Vollendung seines Werkes. Der neugierigen Königin scheint es, als würden sich bereits Farbe und Leuchtkraft in den geschliffenen Facetten zeigen und ihr Spiegelbild als frisch erblühende Rose darin auftauchen. So kann sie es jetzt eigentlich gar nicht mehr erwarten und erbebt innerlich vor Aufregung. Doch der Künstler lässt sich von ihrer Ungeduld nicht bedrängen, hält sie hin, schleift und poliert mit Bedacht und ungerührt, will offensichtlich das Werk zur absoluten Vervollkommnung führen.

Wie im Fieber bittet und fleht die Königin. Doch es scheint, als hätte der Künstler immer noch nicht genug, hat sogar schlechte Nachricht für sie, verlangt etwas äußerst Schwieriges, höchst Gefährliches von ihr:

„Ich muss, bevor ich diesem, eurem Spiegel, oh Königin, seinen Zauber einhauchen kann, eine kleine Korrektur an jenem ersten Spiegel vornehmen, damit sich keine seiner Linien mit den euren überschneiden kann. Die Veränderung wird nicht lange dauern, aber sie muss sein! Euer eigener Spiegel kann sonst seine Strahlkraft nicht entfalten!"

Er spricht es offen aus:

„Ein Spiegel ohne Widerschein,

Kann so euch nicht zu Wille sein!

Was wär' ein Garten ohne Rose?

Eine geborst'ne Liedspieldose!"

Die Königin erschrickt bis ins Herz. Das würde ihr Gemahl niemals zulassen! Und wenn er gar erführe, dass sie hinter seinem Rücken das Verbot gebrochen hatte, würde er sie gewiss selbst in den Kerker werfen lassen! So muss sie warten, bis die Gelegenheit günstig ist, während der Künstler kostbare Zeit gewonnen hat, denn der König wagt es normalerweise nicht, sein sicheres Schloss zu verlassen, sitzt wie eine Spinne im Netz und rührt sich nicht. Nun warten alle: die ungeduldige Königin, der kluge Künstler und der fast fertige Zauberspiegel.

Schneller als gedacht ergibt sich jedoch die günstige Gelegenheit. Eine üble Nervenkrankheit wirft den König für sechs ganze Wochen auf das Lager. In seinen Fieberträumen merkt er nicht, dass seine heimtückische Gattin den Zauberspiegel aus dem gemeinsamen Schlafgemach entfernen und zu dem freudig überraschten Glaskünstler hat bringen lassen.

„Gut gemacht, oh Königin! Der Spiegel kommt gerade zur rechten Stunde, damit euer eigener endlich perfekt werden kann! Nur eine einzige Nacht benötige ich, und er wird danach eure ganze Schönheit nicht bloß abbilden, sondern sogar noch überhöhen und damit vervollkommnen! Was ich freilich jetzt noch benötige, das ist der feinste Sand, den man sich vorstellen mag. Gemahlen in der Mühle der Zeit und gefüllt in ein Gefäß aus klarstem Glas, sodass man die Zeit darin verrinnen sehen kann!"

Die Königin erinnert sich sofort an die große Sanduhr, die im Thronsaal auf dem Kaminsims steht. Umgehend lässt sie diese herbeischaffen. Der Künstler setzt eine kristallscharfe Säge an und durchtrennt die Sanduhr an ihrer schmalsten Stelle in der Mitte. Danach lässt er den Sand der Zeit unablässig auf die glänzende Oberfläche des neuen Spiegels rieseln. Dazu murmelt er die geheimnisvollen Worte:

„Ein eitler Tand braucht feinen Sand,

Verteilt darauf von Meisterhand!

Die Rose, statt zu blüh'n im Garten,

Soll dann zu ödem Stein entarten!"

Fast andächtig reibt und wischt der Glaskünstler, so achtsam er nur kann, den Sand in die einst von seiner Hand eingravierten filigranen Linien des aus dem Schlafzimmer des Königs entwendeten Spiegels ein. Als er damit fertig ist, zeigt dieser zwar noch die altbekannten Grenzen des Königreiches, doch etwas hat sich damit verändert. Um was es sich da handelt, wird der König nach seiner Wiedergenesung bald am eigenen Leibe schmerzhaft erfahren müssen. Den zweiten Spiegel indes bearbeitet der Künstler großflächig mit dem restlichen Sand der Zeit aus der Glasuhr, sodass auf seiner nunmehr matten Oberfläche die einst klaren Konturen jetzt unscharf und verzerrt hervor treten. Die fröhlichen Blumen im bunten Garten ähneln hässlichen Lehmbrocken, denen alle Farbe fehlt, und die Rose der Königin scheint verblüht und hat all ihre duftenden Blätter verloren.

Die eitle Königin, die sich von ihrem Spiegel so viel erhofft hatte, ist erst tief enttäuscht, dann aber glüht sie vor Wut und speit Gift und Galle. Der so beschimpfte Künstler vermag es kaum, die sich wie wahnsinnig Gebärdende zu besänftigen:

„Urteilt nicht vorschnell, oh Königin! Der Sand muss erst völlig trocken werden, bevor er wieder abfällt! Während dieser Zeit erscheint alles grob und unscharf! Wartet noch ein Weilchen, dann werdet ihr wieder in eurem Zaubergarten nach Herzenslust wandeln können!"

Der Glaskünstler sollte recht behalten. Zwar dauert es nicht nur ein Weilchen, sondern noch eine geraume Zeit, bis die beiden Spiegel ihre nun veränderte Zauberkraft erstmalig entfalten. Der feine Sand der Zeit auf ihren Oberflächen ist zwar unsichtbar geworden, doch seine geheime Kraft wirkt fort.

Den tyrannischen König wird diese Kraft der Zeit zuerst treffen. Tagelang steht er wieder vor dem Spiegel in seinem Schlafgemach und verfolgt mit angehaltenem Atem das neuerliche Heranziehen eines feindlichen Heeres. Als dieses jenen Punkt an seiner Reichsgrenze erreicht hat, will er in gewohnter Weise aus dem Hinterhalt zuschlagen. An der Spitze seiner eigenen Soldaten stürmt er aus dem Schloss, um die Falle zuschnappen zu lassen.

Aber, weh und ach, der Spiegel hat gelogen! Die Feinde sind bereits hier, stehen hinter ihm, halten mit ihren Truppen sein Schloss umklammert. Mühelos schlagen und verjagen sie so seine Söldner in alle vier Winde und setzen den König gefangen. Auf seinem eigenen Schloss wird er ins Verlies geworfen, während die Suche nach seiner Gemahlin vorangeht, um auch diese dingfest zu machen.

Was aber ist mit dem Zauberspiegel wirklich passiert? Warum zeigte dieser nicht, wie gewohnt, die nahende Zukunft, sondern eine bereits verstrichene Vergangenheit?

Nun, der Glaskünstler hat, als sich die Gelegenheit bot, einfach nur Rache genommen für den üblen Treuebruch seitens des Königs. Jetzt sollte dieser am eigenen Leib erfahren, wie bitter es sich anfühlte, erst frech betrogen und dann auch noch in Ketten gelegt zu werden. Der geprellte Glaskünstler hatte die große Sanduhr einfach umgedreht und so die Zeit des königlichen Gaunerpaares anders ablaufen lassen.

Die Königin, auf ihrer Flucht vor den Häschern des fremden Königs, hat es nicht mehr abwarten können, dass ihr eigener Zauberspiegel wieder hell und strahlend leuchten würde. Stattdessen war sie in den noch sandbedeckten Spiegel mit aller Gewalt eingedrungen, um sich in ihrem Rosengarten zu verstecken. Nur findet sie dort keine frisch erblühte Rose mehr vor, sondern kalten Wind und nackte Steine.

Der Glaskünstler aber nimmt sich aus der Schatzkammer des Königs nur so viel des Goldes, wie es ihm für seine frühere Arbeit einst versprochen ward. Danach zerschlägt er den einstigen Zauberspiegel, der niemals wieder eine wahre Zukunft noch eine falsche Vergangenheit zeigen soll, und verlässt das ungastliche Schloss, ohne sich auch nur ein letztes Mal umzudrehen.

„Nicht fremdes Gold will stehlen ich

Nur was man vorenthielt für mich.

Dann geh ich in die Welt hinein

Der Spiegel ist jetzt wieder rein!"

Für die Königin in ihrem kalten, steinigen Garten gibt es kein Entrinnen mehr. Aus der Uhr der Zeit rollt das letzte Körnchen Sand. Auch dieser zweite Zauberspiegel zerbröselt zu Staub und damit schließt sich die letzte Tür für immer. Das Lied des tyrannischen Königs in seinem uneinnehmbaren Schloss verklingt im Wind:

„Auf Rheingaus Höhen es einst stand!

Nun liegt es unter welkem Laub!

Der Fluch des Königs ist gebannt!

Geborstne Mauern voll mit Staub!

Nie wieder werden hier zwei Spiegel

Uns künden von des Königs Macht!

Zerbrochen ist das stolze Siegel,

Denn längst begonnen hat die Nacht!"

Gefangen im Turm

Hoch über dem weiten Flusstal mit seinen steil abfallenden Rebhängen liegt die Hitze wie ein dicker Wollvorhang. Nur unten in seinem Bett zieht der alte Vater Rhein kühl und gemächlich, verfügt er doch über alle Zeit der Welt und sieht auch nicht den geringsten Anlass darin, seinen beschaulichen Lauf zu beschleunigen.

Ganz anders beurteilt das ein junger, unternehmungslustiger Bursche, der sich deshalb ordentlich sputet, der drückenden Hitze zu entkommen, um endlich in eines der freundlichen Gasthäuser des Rheingaus einkehren zu können, um drinnen mit einem Krug Wein und einem guten Essen bewirtet zu werden. Konrad, so sein Name, ist bereits seit den frühen Morgenstunden unterwegs, will sein Glück in der weiten Welt suchen und finden. Sein altes, gebrechliches Mütterlein hat er in die Obhut einer jungen Frau gegeben, die diese Aufgabe ohne Murren übernimmt, weil sie ihren Konrad von Herzen liebt. Aber das weiß er nicht, ahnt es nicht einmal, sondern hat sich vorgenommen, erst dann wieder zurückzukehren, wenn er genügend blanke Taler mit nach Hause bringen kann, um dann eine Familie zu gründen.

Schon locken in der Ferne die Türme der Stadt, als Konrad, der gerade die letzte Wegbiegung nehmen will, eine menschliche Gestalt bemerkt, die regungslos am Boden liegt. Mit schnellen Schritten ist Konrad heran und erkennt an der Kleidung, dass dies ein Mann von Adel sein muss. Er trägt ein kostbares, mit Goldfäden besticktes Wams, rote, halblange Samthosen, seidene Strümpfe und teure Spangenschuhe. Sein schwarzer Hut mit der breiten Krempe liegt etwas abseits des Weges im Staub, als hätte man ihm diesen mit Gewalt vom Kopfe gerissen.

Konrad beugt sich hinab zu dem Bewusstlosen, zieht sein eigenes Wams aus, um es unter den Kopf des Liegenden zu schieben. Mit dem letzten Rest Wasser aus seiner Feldflasche benetzt er dessen Lippen, die sich trocken und fiebrig anfühlen. Für einen kurzen Augenblick schlägt daraufhin der Fremde die Augen auf und lächelt Konrad an, als würde er ihn kennen. Er setzt zum Sprechen an, doch aus seinem Mund kommt nur ein unverständliches Krächzen. Danach fällt sein Kopf zur Seite, und Konrad vermeint, einen Sterbenden in seinen Armen zu halten. Jetzt erst bemerkt er auch die schwere Wunde unterhalb des Herzens, die ein langes Messer oder ein scharfes Schwert verursacht haben musste.

Genau in dieser knienden Haltung, den scheinbar Sterbenden auf seinem letzten Weg ein wenig Linderung verschaffend, wird Konrad durch wildes Hufgetrappel überrascht und gestellt. Eine bewaffnete Gruppe von Soldaten stoppt direkt neben ihm. Als die Männer von ihren Pferden springen, ist Konrad sehr froh, dass jetzt vielleicht doch noch in allerletzter Minute Hilfe nahe ist. Weit gefehlt, denn bei diesen Männern handelt es sich um die Soldaten des Prinzen Eginhard, der unweit auf seinem Schloss direkt über dem Rhein mit seinem Zwillingsbruder Reinhard regiert. Ohne zu fragen, ohne dass Konrad Erklärungen abgeben könnte, wird er umringt, hochgerissen und in lederne Bande geschlagen. Voll Ingrimm steht nun Prinz Eginhard vor dem armen Konrad, der von den Wachen gehalten wird:

„Elender Bursche! Hast meinen geliebten Bruder niedergestochen! Heimtückisch und hinterrücks überfallen! Warum hast du das getan? Hattet ihr Streit oder wolltest du nur sein Geld?"

Als Konrad erklärt, dass er den Bewusstlosen reglos auf dem Boden liegend gefunden und sich umgehend um diesen gekümmert habe, wird Eginhard wütend und lacht blechern:

„Unsinn! Du hast gewiss vermutet, dass er eine hübsche Summe blanker Taler mit sich führt. Diesen Beutel hast du ihm dann abverlangt, und als mein Bruder Reinhard ihn dir verweigerte, hast du zugestochen! Du bist also kein Samariter, sondern ein gemeiner Dieb und Wegelagerer! Woher kommst du überhaupt, Fremder? Ich habe dich noch nie hier gesehen?"

Als Konrad ihm eröffnet, dass er aus dem Hinterlandswald stamme und auf dem Wege sei, sein Glück zu machen, lacht der Prinz nur höhnisch:

„Und dann war es ausgerechnet mein Bruder, der dir zu deinem Glück verhelfen sollte? Hier hast du gelauert und auf eine günstige Gelegenheit gewartet, habe ich recht? Hättest du nicht meinen armen Bruder überfallen, dann würdest du vielleicht mich erwischt haben, nicht wahr? Ja, gewiss! Doch anders als mein freundlicher und argloser Bruder, hätte ich mit dir sofort kurzen Prozess gemacht, und dann würdest du an seiner Statt dort im Staube liegen! Ha, ha, ha!"

Was soll Konrad ihm da nur antworten? Er kann seine Unschuld nicht beweisen, alles spricht gegen ihn. Schweigend und reglos verharrt er, von den Soldaten gehalten, und wirkt deshalb tatsächlich wie ein Missetäter. Prinz Eginhards Befehl an seine Männer verträgt keinen Widerspruch:

„Durchsucht ihn!"

In Konrads Mantelsack wird ein schmaler Beutel mit Talern entdeckt. Triumphierend schwenkt ihn Prinz Eginhard vor Konrads Nase hin und her:

„Was ist das? Was haben wir denn hier? Hosenknöpfe? Kieselsteine? Oder hübsche Talerchen, mit denen man eine Menge Glück kaufen kann!"

Jetzt ist Konrad wütend:

„Gebt sie wieder zurück, sie gehören Euch nicht!"

„Dir aber erst recht nicht, mein Freund! Du bist derjenige, der sie an meinen armen Bruder zurückgeben muss! Weil sie ihm gehören, ihm aber offensichtlich kein Glück gebracht haben. Schade, schade! Dir, mein Freund, werden sie aber noch viel weniger Glück bringen! Nochmals schade! Dich werden sie sogar das Leben kosten, mein Freund! Ein paar lumpige Taler gegen ein ganzes, junges Leben! Ein schlechter Tausch, fürwahr!"

Dann wird Eginhards Stimme rau und befehlend:

„Werft ihn über eins der Packpferde und bindet ihn gut fest, damit uns diese fette Beute nicht entkommen kann!"

Wie ein gemeiner Verbrecher wird Konrad, gefesselt an Armen und Beinen, ins prinzliche Schloss verbracht und dort in ein finsteres Verlies geworfen. Obwohl Konrad selbst so hilflos daliegt, macht er sich trotzdem große Sorgen um den schwer verletzten Prinzen Reinhard. Sein eigenes Los erscheint ihm dagegen noch relativ geringfügig.

Doch Konrads eigene Situation beginnt bald darauf, äußerst ungemütlich zu werden. Schon wird gerichtliche Anklage gegen ihn erhoben. Man kann ihm zwar keinen Raubmord zur Last legen, weil Prinz Reinhard, gleichwohl ohne Bewusstsein, noch am Leben ist. Konrad wird nun aus dem Verlies des Schlosses in einen vergitterten Kerkerraum im Schuldturm überstellt.

Hier oben im engen Kerker ist es kalt, obwohl es doch Sommer ist. Die dicken Mauern des Turms halten die Wärme draußen, und der lehmharte Boden bleibt feucht und klamm durch die nächtlichen Nebelschwaden, die oftmals über den Wassern des Rheins hängen. Für den unschuldigen Konrad ist alles so rasend schnell gegangen, dass ihm gar keine Zeit verblieben war, über das ihm widerfahrene Unrecht nachzudenken. Jetzt erst, hier auf dem nackten Zellenboden liegend, wird ihm klar, dass seine persönliche Lage mehr als aussichtslos ist. Denn wenn ein Mann gefunden wird, der neben einem Menschen kniet, der sich im Sterben befindet und dem die Geldbörse fehlt, kann man da noch etwas Anderes glauben, als dass hier ein Verbrechen vorliegt? Wer also, außer Konrad, sollte diese schreckliche Tat denn begangen haben? Einen Prinzen ausgeraubt! Und dazu noch von dessen Bruder am Ort des Geschehens überrascht! Kein vernünftiger Mensch wird diesem hinterhältigen Konrad Glauben schenken. Jeder wird wissen, dass Konrad lügt; seine Geschichte, dass er auszog, um sein Glück zu finden, ist einfach unerhört frech und dreist!

Doch es sollte noch viel schlimmer kommen! Denn jetzt wird die Tür zum Kerker brutal aufgerissen, der Foltermeister tritt heran und mit ihm zwei bewaffnete Knechte.

„Gestehst du, der sich Konrad nennt, unseren geliebten Prinzen Reinhard heimtückisch und hinterrücks überfallen, mit scharfem Dolche gestochen und seines Geldes beraubt zu haben?"

Als Konrad nur stumm den Kopf schüttelt, befiehlt der Herr über die Schmerzen:

„Legt ihm die Daumenschrauben an!" …

„Bindet ihn auf die Streckbank!" …

„Zwickt ihn mit glühenden Zangen!"

Doch seine Folterwerkzeuge bewirken nichts; Konrad hält tapfer alle Schmerzen aus, schweigt und widerruft nicht. Der Foltermeister ist empört:

„Du willst mich foppen, du Bube! Schreist und gestehst nicht! Bist wohl mit dem Teufel im Bunde? Hiermit ist deine Schuld bewiesen! Ich werde eilen und dem Hohen Rat berichten! Für deine Missetat wirst du am Galgen enden! Einstweilen wirst du an diese Wand geschmiedet, damit du durch dieses Fensterchen den Fortgang der Arbeiten an deinem Galgen genau verfolgen kannst! Lasse dir also die Zeit nicht zu lange werden! Ha, ha, ha!"

In engen Ketten, die seine Bewegungsfreiheit sehr stark einschränken, vermag es Konrad doch durch die Gitterstäbe auf den tiefer liegenden Marktplatz zu blicken, auf dem sich bereits viel Volk versammelt hat. Schnell hatte sich die Kunde verbreitet, dass dem Prinzen

Reinhard großes Leid angetan ward. Die aufgebrachte Menge schreit nach Vergeltung, und Konrad schaut in viele wilde, wütende Gesichter und auf Fäuste, die ihm zornig drohen. Erschreckt wendet er sich ab, doch immer wieder zwingt er seinen Blick hinunter.

„Gefangen im Turm

Zerquetscht wie ein Wurm

Im Innern herrscht Nacht

So will es die Macht!"

Die Arbeiten am Galgen schreiten zügig voran. Konrad kann schon den Tag der Hinrichtung voraussagen. Seine Situation ist derart aussichtslos, dass er sich in sein Schicksal seufzend fügt. Dann ist der Galgen fertig; am folgenden Tag soll Gericht über ihn gehalten werden. Konrad schaut nun nicht länger nach unten zum Marktplatz, ist damit beschäftigt, sein Leben zu überdenken. Zumindest will er keine Schwäche zeigen, aufrecht wie ein Mann sterben. Mit geschlossenen Augen sitzt er am Boden, als er eine zarte Stimme vernimmt:

„Ich bin gekommen, um dir zu helfen, denn ich weiß, dass du unschuldig bist!"

Konrad öffnet die Augen, schaut sich um. Die Stimme erklärt:

„Du kannst mich nicht sehen, denn ich bin eine Fee. Dennoch bin ich da und werde dir jetzt deine Ketten lösen. Danach die Kerkertür entriegeln, damit du fliehen kannst. Unten am Eingang zum Turm habe ich ein Pferd für dich bereitgestellt. In den Satteltaschen findest du auch Wegzehrung für die nächsten Tage. Reite nun so weit und so geschwind, wie du nur kannst!"

Schon spürt Konrad, wie sich eine unsichtbare Hand an seinen Ketten zu schaffen macht, doch er wehrt ab:

„Hab Dank, du gute Fee, aber ich werde nicht fliehen, denn damit würde ich ja zugeben, dass ich etwas Böses getan hätte. Nein! Ich werde meinem Richter aufrecht und stolz in die Augen schauen und mein Schicksal tapfer hinnehmen! Wenn es eine Gerechtigkeit über dem irdischen Unrecht gibt, dann werde ich auf diese vertrauen! Lass also meine Fesselung unangetastet, gute Fee, aber grüße mir mein altes Mütterlein! Sage ihr, sie soll sich nicht grämen, denn ihr Sohn hat keinerlei Schuld auf sich geladen! Auch dem Mädchen überbringe meinen Dank, dass sie sich um die gute Mutter hoffentlich auch weiter kümmert."

Ein Luftzug verrät ihm, dass die Fee gegangen ist. Konrad schaut hinunter zum Galgen, aber er verspürt keine Furcht. Trotz der quälenden Fesselung schläft er tief und fest. Die Nacht vergeht, und dann graut auch schon der Morgen. In seinen Ketten wird Konrad zum Richtplatz geschleppt.

Eine große Menschenmenge ist dort versammelt; der Henker in seiner schwarzen Robe steht mit der geknüpften Schlinge schon bereit. Auf eine letzte Mahlzeit hat Konrad verzichtet, erbittet sich nur noch etwas Zeit für ein Gebet. Während er versunken steht, erhebt sich ein gewaltiges Gebraus. Drei Hähne sind herbeigeflogen: ein roter, ein schwarzer und ein weißer. Der schwarze Hahn zerrt mit seinen Krallenfüßen das Seil aus der Hand des Henkers, der rote ist derweil auf den Galgen gesprungen und im nächsten Augenblick steht das gesamte Gerüst in hellen Flammen. Der weiße Hahn aber wendet sich zu Konrad und mit kräftigen Schnabelhieben zertrümmert er dessen eiserne Fesseln. Danach verlassen die drei Hähne den Richtplatz; zurück bleibt eine ungläubig gaffende Menschenmenge. Der Galgen ist zwischenzeitlich völlig herunter gebrannt und unbrauchbar. Keiner der Anwesenden, weder der Richter noch der Henker, wissen, wie sie sich zu verhalten haben. Soll dies gar ein Zeichen des Himmels sein, dass etwas nicht in Ordnung ist? Diese drei Hähne befinden sich doch auch im Wappen der beiden Prinzen, Reinhard und Eginhard! Der schwarze Hahn steht für die üble Verleumdung, der rote für die Verurteilung des Bösen und der weiße für das barmherzige Verzeihen des begangenen Unrechts! Konrad wartet eine Weile, dann wendet er sich zum Gehen. Niemand, so scheint es, wagt, ihn daran zu hindern oder weiter aufzuhalten.

Konrad hat die feste Absicht, diesen ungastlichen Ort so schnell wie möglich zu verlassen und nach Hause zu seinem Mütterlein und dem treuen Mädchen zurückzukehren. Sein Glück, das scheint gewiss, hat er hier nicht finden können. Seufzend, aber dennoch voller Erleichterung und Vorfreude, macht er sich auf die Reise.

Nach einer Weile des hurtigen Voranschreitens stellt sich ihm zu seiner Überraschung eine zarte Gestalt in einem weißen Sternenkleid in den Weg; ihre langen Haare schimmern wie schwarze Federn, dazu trägt sie flammendrote Schnabelschuhe. Eine seltsame, junge Frau, die Konrad zwar nicht kennt, der er aber bereits begegnet sein muss, denn er verspürt so etwas wie Vertrautheit. Freundlich lächelnd, tritt sie an ihn heran und legt ihm ein ledernes_Band um den Hals, daran etwas Goldenes befestigt ist:

„Empfange, teurer Freund, dies Amulett aus meiner Hand als Zeichen deiner großen Tapferkeit und deines unerschütterlichen Vertrauens in die wahre Gerechtigkeit! Niemals wieder sollst du für eine Tat, die du nicht begangen hast, vor Gericht stehen! Aber jetzt musst du selbst zum Richter werden! Geh und finde heraus, wer den Prinzen Reinhard wirklich niedergestochen und beraubt hat! Wenn du den wahren Täter gefunden hast, dann entscheidest du allein, was mit ihm zu geschehen hat! Dieses Amulett wird dir dabei behilflich sein! Aber zuerst musst du umkehren an diesen Schicksalsort, um aus Unrecht wieder Recht werden zu lassen! Danach wirst du auch endlich dein Glück gefunden haben!"

Nur widerstrebend nimmt Konrad den bekannten Weg zurück, aber dieses Mädchen hatte so eindringlich gesprochen. Überdies trägt er ja jetzt dieses Amulett, von dem eine geheimnisvolle Kraft auszugehen scheint, die ihn stärker und stärker werden lässt.

Vor dem abgebrannten Galgen steht Prinz Eginhard und hadert mit dem Richter, dass dieser den Konrad so einfach hat ziehen lassen. Heftig gegen alles und jedes geht seine Schmährede. Als er jedoch Konrads ansichtig wird und das Amulett auf dessen Brust bemerkt, schreit er laut auf:

„Da, Richter, seht! Der Mordbube ist zurückgekehrt! Ergreift ihn erneut und hängt ihn am Halse auf! Erst wenn dies geschehen ist, kann mein armer Bruder seine letzte Reise antreten und Ruhe finden! Das kann ich beweisen, denn Konrad hat auch noch meines Bruders Amulett vom Leibe gestohlen und trägt es nun frech auf seiner eigenen Brust!"

Der Richter ordnet an, dass man den Prinzen Reinhard, der auf seinem Totenbett liegt, augenblicklich herbeischaffen möge.

Der noch immer bewusstlose Reinhard wird auf einer Bahre gebracht und liegt nun regungslos vor dem Richtertisch. Eginhard triumphiert, wendet sich an die das Geschehen atemlos verfolgende Menschenmenge:

„Ihr alle wisst, dass Reinhard und ich Zwillingsbrüder sind! Unsere Mutter hat uns nach der Geburt die goldenen Amulette gegeben, an denen wir Brüder uns zu allen Zeiten wiedererkennen können! Ihr seht, dass mein armer Bruder seines nicht mehr trägt, weil dieser Bube namens Konrad es ihm bei dem Überfall gestohlen hat! Ich aber besitze noch das Meinige!"

Mit diesen wilden Worten öffnet Eginhard sein Wams über der Brust und zieht das Amulett hervor. Doch, was ist das? Eginhards Amulett ist nicht mehr golden, sondern schwarz als wäre alle Wahrheit daraus gewichen. Die gaffende Meute glaubt, ihren Augen nicht trauen zu können. Konrad aber, sich an den Rat der guten Fee erinnernd, wendet sich zu Eginhard, nimmt ihm das Amulett vom Halse und legt es dem schlafenden Reinhard auf dessen Brust. Sogleich entfärbt sich das schwarze Amulett, leuchtet wieder golden. Reinhard schlägt die Augen auf, erhebt sich von seiner Lagerstatt und deutet auf Eginhard:

„Er ist es, der mich beinahe tödlich verletzte. Ich hatte herausgefunden, dass die Kammerzofe unserer Mutter ihren eigenen Sohn gegen meinen wahren Bruder vertauscht hat, um ihn Prinz werden zu lassen. Mein rechtmäßiger Bruder aber wurde mit einer Amme tief in den Wald verbannt. Niemand außer der Kammerfrau und der Amme hatte davon Kenntnis!"

Reinhard wendet sich zu Konrad und umarmt ihn:

„Sei mir willkommen, Bruder Konrad, nach all den bitteren Jahren unserer Trennung! Jetzt, da du als rechtmäßiger Prinz anerkannt bist, hast du auch das Recht, über diesen Eginhard zu Gericht zu sitzen: Tod oder ewige Sühne? Wie lautet dein Urteil, teurer Bruder?"

Konrad aber spricht:

„In unserem Wappen, lieber Bruder Reinhard, befinden sich drei Hähne: ein schwarzer, ein roter und ein weißer. Während der schwarze und der rote Hahn für Verleumdung und Rache stehen, verzeiht der weiße das begangene Unrecht. Deshalb wähle ich für Eginhard den weißen Hahn! Er darf als freier Mann gehen, wohin er auch möchte! Dir, lieber Bruder Reinhard, möchte ich bald das zwar falsche, aber beste Mütterchen der Welt vorstellen! Zugleich möchte ich von dort meine junge Braut zu uns aufs Schloss holen. Unser gemeinsames Glück kann fortan nichts und niemand mehr trüben"

„Zwei Zwillingsbrüder, die wir sind,

Dereinst getrennt wie Spreu im Wind

Doch wozu Rache, warum Not

Am Ende wären alle tot!"

Der eiserne Schwur

ereinst begibt es sich, dass der Handwerksbursche Benedikt beschließt, sich endlich ein junges Mädchen zur Frau zu nehmen. Aber so einfach, wie er sich das vorstellt, geht es nun doch nicht. Die eine, die er gerne geheiratet hätte, das weiß er, würde ihn niemals wollen, da Benedikt nicht ihres Standes ist. Eine andere, die ihn genommen hätte, die hat er längst wieder vergessen. Dabei kennen sich die beiden schon von Kindesbeinen an und hatten einander damals ihre tiefe Liebe gestanden. Ja, sogar geschworen, später, wenn sie erst erwachsen sein würden, zu heiraten. Diesen Schwur hatten sie danach noch dadurch besiegelt, indem sie sich wechselseitig jeweils einen eisernen Ring an den Finger steckten.

„Wir tauschen heut die Ringe

Zum Zeichen wahrer Liebe.

Mag auch der Lauf der Dinge

Durchkreuzen unsre Triebe!"

Doch all diese unschuldigen Schwüre sind für Benedikt nun vorbei und vergessen. Ihn zieht es zu Höherem und da passt dieses andere Mädchen nicht mehr in seinen Plan. Sehr zu seinem Leidwesen besitzt er aber nur wenig

Geld, denn er ist gerade erst Geselle geworden. Für den selbständigen Meister reicht das noch lange nicht. Solch ein mühseliger Start aus ärmlichen Verhältnissen würde einer zukünftigen Ehefrau gewiss nicht gefallen. Doch Benedikt lässt sich davon nicht entmutigen, glaubt unerschütterlich an sein Glück. Deshalb kann er es kaum fassen, als er erfährt, dass die schöne Prinzessin einen braven Handwerker sucht, der ihr das Dach des Schlosses neu eindecken soll. Obwohl er noch niemals einen solch großen Auftrag durchgeführt hat, will er sich doch keck darum bewerben. Angetan mit seiner Dachdeckerkluft, machte er sich auf den Weg ins Schloss.

Ohne Meisterbrief bedarf es all seiner Beredsamkeit und auch einiger Münzen, um von der Palastwache in die Gemächer der Prinzessin eingelassen zu werden. Endlich wird er ihrer auch aus der Nähe ansichtig, die er bislang nur von Weitem auf deren Weg zur Kirche erblickt und schon lieb gewonnen hat. Doch er sieht nicht, dass die anscheinend so schöne Prinzessin eine Maske trägt, unter der sich ein gar hässliches Gesicht verbirgt. Aber Benedikt, blind vor Liebe und zusätzlich geblendet vom schieren Luxus, den er selbst so sehr begehrt, nimmt nichts anderes mehr wahr. Sein ganzes Sinnen und Trachten ist nur darauf gerichtet, erst dieser edlen Prinzessin zu Diensten zu sein, um sie danach für sich zu gewinnen. So kommt ihm ihr Anliegen fast schon normal vor:

„Ich will, dass du das Dach meines Schlosses mit purem Golde überziehst, sodass es glänzt und leuchtet und jedem Wanderer von Weitem verkündet, dass hier die schönste Prinzessin im ganzen Rheingau residiert! Traust du dir das zu, Handwerksbursche?"

Benedikt, von all dem Gehörten wie in einen Bann geschlagen, nickt zustimmend, ohne auch nur ein verständliches Wort stammeln zu können. Nun stellt die Prinzessin weitere Forderungen und weitere Bedingungen:

„Natürlich werde ich dich für deine Arbeit nicht bezahlen können! Auch besitze ich nicht das für die Dacheindeckung erforderliche Gold! Deshalb biete ich dir als Belohnung an, mich heiraten zu dürfen, wenn du das nötige Gold herbeigeschafft hast und das Werk vollendet ist!"

Benedikt, ohne recht zu begreifen, was sie da Unmögliches von ihm fordert, stimmt diesem doch recht einseitigen Pakt freudig zu. Doch die Prinzessin scheint nicht nur geizig, sondern auch furchtbar grausam zu sein:

„Bringst du mir das versprochene Gold jedoch nicht, wirst du niemals mein Gemahl werden! Statt in ein warmes Ehebett zu schlüpfen, musst du dich zur Strafe von den höchsten Zinnen meines Turmes hinab in den Rhein stürzen! Wenn du dazu bereit bist, so schwöre!"

Und Benedikt leistet einen feierlichen Eid:

„Ich leiste euch den Schwur vom Gold!

Komm ich zurück, seid ihr mir hold!

Sind freilich leer die Taschen mein,

Dann werd ich stürzen in den Rhein!"

Die Prinzessin zeigt sich zufrieden, fügt aber noch einige mahnende Worte bei:

„Mit Wohlwollen nehme ich deinen Schwur entgegen, Handwerksbursche! Doch sei stets daran erinnert, dass du mir damit dein Leben verpfändet hast! Drum eile und erfülle deine Pflicht!"

Benedikt tut, wie ihm geheißen, ohne gesehen zu haben, dass sich das hässliche Gesicht der Prinzessin unter der Maske noch zu einer höhnischen Fratze verzogen hat. Denn schließlich hat sie keineswegs vor, ihren Anteil am Vertrag zu erfüllen.

In ihrem kleinen, reinen Häuschen dicht am Waldesrand wohnt im Gegensatz zu der Prinzessin ein wirklich schönes Mädchen. Ihr Name ist Rosemarie, und sie verdient sich ihren bescheidenen Lebensunterhalt mit Schneiderarbeiten für die Bauersfrauen in der Umgebung. Rosemarie hatte schon damals ihr klopfendes Herz an Benedikt verloren und liebt ihn noch immer, obwohl dieser sie nicht einmal mehr beachtet. Rosemarie ahnt, dass sein ganzes Sinnen und Trachten ausschließlich auf die angeblich so schöne Prinzessin gerichtet ist. Sie ist sich sicher, dass ihr Benedikt davon träumt, dereinst als ein Prinz zu ihr ins Schloss ziehen zu können. Was kümmerte ihn da die einstmals versprochene Treue zu einem armen Mädchen, das in einem unscheinbaren Häuschen wohnt? Wer tauschte nicht gerne einen eisernen Ring gegen goldene Versprechungen?

Als Rosemarie vor die Türe tritt, sieht sie, wie ihr untreuer Benedikt fröhlich den Weg vom Schloss heruntergesprungen kommt. Sie kann sich denken, wen er dort oben besucht hat, und das Herz wird ihr schwer. Mit einer richtigen Prinzessin kann sie einfach nicht mithalten.

Nun als Prinzessin in einem Schloss zu wohnen, bedeutet noch lange nicht, dass man dadurch auch gleich ein besserer Mensch wäre. Keinesfalls denkt die Prinzessin daran, diesen einfältigen Handwerksburschen zu ehelichen, selbst wenn er alle ihre Wünsche erfüllte. Sie würde ihn hinhalten, wieder und wieder nach neuem Gold ausschicken. Dies würde sie so lange tun, bis er sich aus Kummer freiwillig in den Rhein stürzte.

Gut, dass Benedikt nichts von ihrem bösen Plan ahnt oder gar weiß, denn sonst wäre er bestimmt gleich ins Wasser gegangen. So aber macht er sich mit einem großen, leeren Sack in den Händen auf den Weg, darauf hoffend, diesen bald mit Gold füllen zu können. Benedikt hält nach einem Regenbogen Ausschau, weil er glaubt, dass an dessen Ende ein Topf voll Gold auf ihn wartet.

Zu Benedikts großer Freude beginnt es zu regnen. Obwohl er nass wie eine Katze ist, rennt er, als die Sonne wieder hervorbricht, unbekümmert in Richtung des Regenbogens. Doch solange und eifrig er auch sucht, den begehrten Topf mit Gold findet er nicht. Danach ist auch schon der Regenbogen wieder verschwunden, und Benedikt weiß nicht mehr, wo genau er sich befindet. Er hat sich verlaufen, und die Nacht bricht bereits herein. Nass und frierend legt er sich unter einer alten Eiche auf die nackte Erde und deckt sich mit seinem Sack notdürftig zu.

Früh am Morgen erwacht er, als ihn eine fremde Stimme vorwurfsvoll anspricht:

„Was liegst du hier faul herum und versperrst den Eingang zu meiner Baumhöhle? Willst du wohl sofort aufstehen und mir den Weg freigeben!"

Verwundert reibt sich Benedikt die Augen. Vor ihm steht ein altes Männchen mit einem krummen Rücken und einem langen, weißen Bart. ‚Ein Zwerg', schießt es Benedikt durch den Kopf. Und wo Zwerge sind, das weiß er aus vielen Erzählungen, sind Gold und Edelsteine nicht allzu fern. Wenn es ihm gelänge, so überlegt er, diesen Zwerg dazu zu bringen, ihm das nötige Gold für die Prinzessin zu geben, dann könnte er als reicher Mann zurückkehren und die Prinzessin heiraten.

Der Zwerg hingegen ist auch nicht dumm, kann sich sehr wohl denken, was Benedikt von ihm haben möchte. Listig spricht er es aus:

„Du suchst nach Gold, mein Freund! Brauchst gar viel davon, nicht wahr! Einen großen Sack voll mit Gold! Habe ich recht? Ja, ich werde dir das Gold geben! Doch zuerst musst du mir bei der Arbeit helfen! Nur für kurze

Zeit, und die Arbeit ist auch nicht schwer! Na, was sagst du zu meinem Angebot?"

Freudig willigt Benedikt ein, ohne überhaupt zu wissen, wobei und wie lange er dem Zwerg helfen soll. Gemeinsam treten sie durch eine verborgene Tür in der alten Eiche und steigen über eine steile Treppe hinab in die Tiefe. In der Zwergenhöhle glitzert und blinkt es, dass es die Augen blendet. Ganze Haufen von Gold liegen dort herum. Daneben schimmert Silber, gleißen violette Amethyste und reine Bergkristalle.

Schon bückt sich Benedikt, um seinen Sack mit Gold zu füllen, als ihn der Zwerg barsch anfährt:

„Wer hat dir erlaubt, nach meinen Schätzen zu greifen? Hast du nicht versprochen, erst zu arbeiten, bevor du entlohnt wirst? Willst du dein gegebenes Versprechen brechen und stehlen, was dir nicht gehört?"

Der Zwerg ist richtig zornig:

„Hier, nimm Pickel und Hammer und fange dort hinten an, Gold und Edelsteine aus der Wand heraus zu schlagen! Erst wenn du genügend Gold für mich aufgeschüttet hast, darfst du auch deinen Sack füllen und wieder verschwinden!"

Was bleibt dem armen Benedikt übrig? Er beginnt, wie ein Sklave zu schuften. Und was heißt da „genügend"? Der Zwerg lacht mit listig glitzernden Augen. Sicherlich würde Benedikt mehr als tausend Jahre für den bösen

112

Zwerg arbeiten müssen, wenn sich nicht ein liebendes Herz um ihn gesorgt hätte.

Rosemarie, die ihrem Benedikt heimlich gefolgt ist, hat gesehen, wie dieser zusammen mit dem Zwerg in der alten Eiche verschwunden ist. Nachdem er von dort nicht wieder auftaucht, befürchtet sie das Schlimmste:

„Wenn ich ihn nicht so gerne hätte, dann wäre ich diesem dummen Jungen gar nicht nachgelaufen. Aber er braucht bestimmt meine Hilfe. Sicherlich ist ihm etwas Schreckliches zugestoßen! Ich muss mich also beeilen!"

Als sie keuchend an der alten Eiche ankommt, tritt gerade der Zwerg aus der Tür ins Freie. Er erschrickt, herrscht Rosemarie an:

„Was suchst du hier? Das ist mein Reich! Willst wohl ebenfalls mein gutes Gold stehlen?"

Rosemarie schüttelt den Kopf, erklärt ihm, warum sie hier ist. Der Zwerg hört gespannt zu, grinst in sich hinein. Dann bemerkt er den eisernen Ring an Rosemaries Finger. Rasch packt er ihre Hand und betrachtet ihn genau:

„Der ist nichts wert! Das ist altes Eisen! So etwas wirft man weg, weil es zu nichts mehr taugt! Sag, warum trägst du ihn überhaupt? Junge Mädchen wollen doch immer nur glänzendes Gold und nicht rostiges, altes Eisen!"

Als Rosemarie antwortet, dass ihr dieser Ring mehr wert sei als alles Gold in der Welt, horcht der Zwerg auf, seine Augen glitzern verräterisch. Rosemarie aber tut so, als bemerke sie nichts. Sie eröffnet dem Zwerg, dass dieser Ring ein Zeichen ihrer ewigen Treue sei und dass sie ihn niemals hergeben werde. Rosemarie stockt in ihrer Rede, als hätte sie bereits zu viel verraten. Der Zwerg aber scheint höchst nervös, tritt von einem Bein auf das andere und nötigt sie, weiter zu sprechen. Scheinbar nichtsahnend fährt sie fort, dass sie ihn so lange tragen werde, bis der Besitzer des anderen Rings um ihre Hand anhalten würde!

Der Zwerg begreift sofort seine mögliche Chance, und seine Augen funkeln noch listiger:

„Ich werde dir helfen, deinen Burschen zu finden, und werde ihn mit einem Sack voller Gold zu dir schicken. Gehe einstweilen getrost nach Hause und warte dort auf dein Glück!"

Mit diesen Worten verschwindet er wieder durch die Baumtür in seine Zwergenhöhle. Dort, zu Benedikt gewendet, befielt er:

„Nimm deinen Sack, fülle ihn gut mit Gold und dann kannst du verschwinden, wohin du willst. Im Tausch dafür, dass ich dich freilasse, musst du mir aber diesen wertlosen eisernen Ring geben, den du dort noch immer am Finger trägst, obwohl du ihn schon lange nicht mehr brauchst!"

Rasch willigt Benedikt ein, streift achtlos den Ring vom Finger und legt diesen auf die weit geöffnete Zwergenhand. Seine Gedanken sind nicht etwa bei seiner treuen Rosemarie, die er eigentlich schon vergessen hat, sondern voller Vorfreude auf die scheinbar so schöne Prinzessin. Mit dem prall gefüllten Sack macht er sich auf den Weg zu ihr ins Schloss. Der Zwerg, wieder in seinem unterirdischen Reich, betrachtet, streichelt, dreht und wendet den erbeuteten Ring voller Genugtuung:

„Bald gehört mir etwas Großartiges, Außergewöhnliches! Dafür gebe ich doch gerne einen lächerlichen Sack Gold hinweg! Schnödes Gold für ein liebendes Menschenherz! Dieser einfältige Bursche weiß gar nicht, was er da im Tausche hergeschenkt hat! Dummheit gegen Schlauheit! Kurzsichtigkeit gegen Weitsicht! Wertloses Gold gegen das kostbarste Eisen! Das beste Geschäft meines Lebens! Ha, ha, ha!"

Allzu früh freilich sollte sich der alte Zwerg nicht auf eine junge Braut freuen, hatte die kluge Rosemarie doch sofort in dem Gespräch mit ihm gemerkt, was der Zwerg im Schilde führte. Gerade deshalb hatte sie diesem so bereitwillig alles erklärt. Sofort hatte der Zwerg angebissen. Damit war der erste Teil ihres Planes aufgegangen; der zweite sollte ebenfalls gelingen. Dabei setzt Rosemarie auf die Gier der angeblich so schönen Prinzessin.

Und in der Tat! Nachdem Benedikt mit seinem Sack über der Schulter im Schloss eingetroffen und das Dach mit blankem Gold überzogen hat, dass es in der Rheingauer Sonne nur so blitzt und blinkt, da erklärt die hinterhältige Prinzessin dem überraschten Benedikt, dass sie ihn nur heiraten könne, wenn er ihr nochmals genügend Gold für neue Kleider herbeischaffen würde.

Noch schöpft Benedikt keinen Verdacht, glaubt der Prinzessin. Ja, es schmeichelt ihm sogar, dass sie nur für ihn neue Kleider tragen möchte. Fröhlich pfeifend macht er sich erneut auf den Weg zur Höhle im Baum. Der Zwerg ist guter Laune, da er alsbald mit seinem eisernen Ring bei Rosemarie um deren Hand anhalten wird. Deshalb gibt er dem Benedikt großzügig das erbetene Gold und lässt ihn dann seines Weges ziehen.

Voller Vorfreude auf seine baldige Hochzeit, da er ja ein ums andere Mal so erfolgreich bei der Beschaffung von Gold gewesen ist, eilt Benedikt hoch zum Schloss. Doch die Enttäuschung lässt nicht lange auf sich warten. Die Prinzessin mit ihrer Maske vor dem unschönen Gesicht zeigt sich abermals höchst unzufrieden. Das mitgebrachte Gold reiche zwar für ein paar neue Kleider, aber bei Weitem nicht für ein goldenes Hochzeitskleid mit langer Schleppe! Benedikt müsse also viel mehr Gold herbeischaffen, wenn er sie wirklich lieben und heiraten wolle!

Dieses Mal freilich wird der einst so arglose Benedikt misstrauisch. Wird die Prinzessin ihn wirklich dann heiraten, sobald er einen dritten Sack, gefüllt mit Gold, besorgt hat, oder wird sie ihn neuerlich fortschicken? Bei diesen Überlegungen wird ihm ganz bang ums Herz, und er denkt jetzt zum ersten Mal wehmütig an Rosemarie, die stets zu ihrem Wort gestanden hat.

Während Benedikt reichlich missmutig und widerwillig trotzdem loszieht, schickt die Prinzessin nach der jungen Schneiderin Rosemarie, auf dass diese ihr die neuen Kleider anfertige. Rosemarie gehorcht unverzüglich, schneidet zu und näht, wie ihr geheißen. Bei der ersten Anprobe aber bemerkt sie im Spiegel, dass die Prinzessin für einen kurzen Augenblick ihre Maske abgelegt hat. Erst erschrickt sie über deren Hässlichkeit, ist aber gerade deswegen sehr zuversichtlich, dass dadurch auch der zweite Teil ihres Planes gelingen wird. So streift sie sich ihren eisernen Ring vom Finger und reicht ihn hinüber zur Prinzessin. Neugierig geworden, nimmt ihr diese den Ring ab und, wie vordem der Zwerg, mustert sie ihn eingehend. Zur Prinzessin gewandt, erklärt Rosemarie:

„Dieser rein äußerlich so bescheidene Ring war einst Zeichen eines Treuegelöbnisses. Er wäre mir immer noch teuer, doch derjenige, der diesen Schwur getan, hat ihn inzwischen gebrochen. Deshalb brauche ich mich an den meinen auch nicht länger zu binden. Nehmt diesen Ring, ich schenke ihn euch! Der neue, reiche Besitzer des anderen Ringes wird kommen und um eure Hand anhalten! Diesen Benedikt werdet ihr doch gewiss nicht heiraten wollen. Gebt ihn mir zum Mann, dann seid ihr ihn los und damit frei für eine neue Liebe, die mit Gold reich versehen sein wird!"

117

Die Prinzessin, froh darüber, den Handwerksburschen auf diese Weise loszuwerden, willigt sofort ein. Und während Benedikt mit einem weiteren Sack Gold unterwegs ist, pocht der Zwerg an die Tür von Rosemaries Häuschen. Als sie öffnet, präsentiert er den eisernen Ring, den er Benedikt abgeluchst hat. Rosemarie, die ihn schon längst erwartet hat, heuchelt Überraschung:

„Du hier? Ich wähnte dich in deiner Höhle unter der alten Eiche! Nun denn, was begehrst du, lieber Zwerg?"

„Die Einlösung des eisernen Schwures zu dem Ring an deiner Hand! Unsere Ringe werden uns jetzt auf ewig miteinander verbinden!"

Rosemarie spielt die Ahnungslose:

„Ring? Von welchem Ring an meiner Hand sprichst du? Über welchen eisernen Schwur geht deine Rede? Ich dachte, du seiest nur an Gold interessiert, weil es so kostbar ist! Eiserne Ringe sind wertlos; die wirft man besser weg! So jedenfalls lauteten deine Worte! Und eiserne Schwüre taugen erst recht nichts!°

Der Zwerg wird zornig, fühlt sich von ihr hintergangen. Barsch fährt er sie an:

„Zeig deine Hände und stehe dann zu deinem Versprechen!"

Sie hebt beide Hände, zeigt nacheinander alle Finger, an denen kein Ring, weder aus Eisen noch aus Gold, steckt:

„Siehst du? Glaubst du mir nun? Die schöne Prinzessin dort oben im Schloss hat ihn von mir geschenkt bekommen und ihn angenommen! Nun trägt sie ihn an ihrem Finger. Damit ist sie in meinen Schwur eingetreten und löst ihn dir sicherlich gerne ein. Spute dich also, lieber Zwerg, ehe sie es sich anders überlegt und den Ring an eine Hässlichere weiter verschenkt!"

Kaum ist der Zwerg auf dem Weg ins Schloss, da eilt Rosemarie ihrem Benedikt entgegen und enthüllt ihm die wahre Geschichte von der angeblich so schönen Prinzessin. Benedikt blickt reuevoll auf Rosemarie an seiner Seite, schlägt sich vor die Stirn:

„Wie konnte ich nur so verblendet sein? Habe dich vergessen und verraten! Wollte eine treue Liebe gegen ein liebloses Schloss eintauschen! Wo hatte ich bloß meine Augen, meinen Verstand, mein Herz?"

Die kluge Rosemarie aber legt ihren Finger auf seine Lippen, nimmt seine Hand und gemeinsam tragen sie den schweren Sack. Mit dem Gold deckt Benedikt auch das Dach des kleinen Häuschens, sodass ihr Glück nun mit der Sonne um die Wette strahlt.

Oben, im Schloss, tickt eine andere Uhr. Weit über das Rheintal sind heftige Donnerschläge zu vernehmen, als würden schwere Gegenstände wütend hin und her geworfen. Schwarzer Rauch quillt empor; das ganze Schloss steht in hellen Flammen. Vom hohen Turm sieht man eine weibliche Gestalt, in goldene Kleider gehüllt, die sich hinab in den tosenden Rhein stürzt.

„Wem nützen solche treuen Ringe,

Wenn sie verbinden falsche Dinge?

Selbst wenn aus Gold, sind sie nur Zeichen,

Müssen wahrer Liebe weichen!"

Das Drachenherz

n seiner Burg, gut geschützt von Dickicht und alten Bäumen auf den Rheinhöhen, lebt hier ganz einsam Graf Bruno vom Gebück. Nie hat er ein Weib sein eigen nennen, niemals ein Söhnchen als Erben willkommen heißen dürfen. Keine Frau hatte ihn nehmen wollen, obwohl doch Grafentitel und ein beträchtliches Vermögen lockten. Von Natur aus so hässlich war er gar, dass er sich selbst nicht ansehen mochte. Alle Spiegel waren daher aus der gräflichen Burg verbannt worden. Da Graf Bruno zudem ein kränkliches Herz besaß und deshalb oftmals ruhen musste, was ihn selbst am meisten erboste, war er mit der Zeit sehr launisch und unleidlich geworden, sodass auch die letzten seiner Diener und Mägde das Weite gesucht hatten. Zurückgeblieben war nur der treue Gregor, ein alter Diener, und so kurzsichtig, dass er das Gesicht seines hässlichen Herrn ohnehin nur noch in den Umrissen erkennen konnte.

Graf Bruno, so mürrisch und missmutig er auch sonst war und bei Herzschmerzen mit der ganzen Welt haderte, liebte zwei Dinge über alles: die Jagd und das ritterliche Turnier mit Stechen und Fechten. Nur in seinem Wald und mitten im dicksten Getümmel auf dem Kampfplatz wird er sofort gesund, zeigt sich mutig und zu allerlei Händel bereit. Dann glühen seine Wangen, hier ist sein hässliches Gesicht fast schön zu nennen. Der ritterlichen Zweikämpfe hat er reichlich bestritten, besitzt zugleich Jagdtrophäen von Wölfen und Bären, viele davon mit dem blanken Messer erlegt. Natürlich bleiben von all diesen Auseinandersetzungen reichlich Narben und Schründe am ganzen Körper zurück, die er jedoch voll Stolz wie Orden und Ehrenzeichen trägt.

Graf Bruno fürchtet sich vor keiner Gefahr, ja, er fordert sie geradezu heraus. Da, wo andere zagen und zitternd fliehen, reitet er schnurstracks hin und stellt sich zum Kampf. So auch, als ihn Kunde erreicht, dass über den Rheinhöhen ein gewaltiger Drache sein Unwesen treibe. Einen leibhaftigen Drachen hat Bruno nicht in seiner Sammlung der Wölfe und Bären. Aber diese doch so seltene Trophäe interessiert ihn nicht im Geringsten, denn, sollte er sich tatsächlich mit dem großen Drachen anlegen, dann verlangt es ihn nach einer anderen, sehr viel spezielleren Beute: Er wird dabei das starke Herz des Drachens rauben! Er will es im Austausch für sein eigenes, krankes Herz, das immer schwächer und unregelmäßiger in seinem Körper klopft und sicherlich bald erschöpft ganz aufhören wird zu schlagen. Das ist es, was Bruno am meisten fürchtet, dass er dahinsiechen könnte wie ein kraftloser, alter Hirsch. Viel lieber will er im Kampf, Mann gegen Mann, Mensch gegen wildes Tier, sterben, als mit einem schwachen Herzen in der Brust auf einem elenden Krankenlager.

Nach langer Suche und lautstarken Rufen stellt sich der Drache dem Grafen Bruno zum Kampf. Auf einem Felsen steil über dem Rheintal hockend, versucht er den unter im fechtenden Grafen zu packen. Bruno aber, nun ganz in seinem Element, trennt die gefährliche Klaue mit einem Hieb seines Schwertes vom Rumpf. Der gepeinigte Drache antwortet darauf mit heftigen Flammenstößen aus Nüstern und Maul, verbrennt dabei fast Brunos Gesicht. Mittels seiner mächtigen Flügel schlägt der Drache nach Bruno, doch behände weicht dieser aus, wohl wissend, dass ein einziger Hieb ihn zu Boden gestreckt hätte. Seinerseits bringt auch er den Drachen immer wieder in große Bedrängnis. Hin und her wogt der Kampf.

Längst hätte der tapfere Graf dem schnaubenden Drachen sein scharfes Schwert mitten ins Herz rammen können, aber er braucht dieses ja unverletzt. Erst gegen Anbruch der Nacht gibt der Drache auf, stürzt zu Boden und liefert sein Herz dem Grafen aus. Bruno nimmt voll Ehrfurcht dessen kraftvolles Herz entgegen, schont aber sonst das Leben des Drachen. Eine innere Stimme sagt ihm, dass der Drache in verwandelter Gestalt eines anderen Wesens weiter leben könnte.

Bruno ist überglücklich, das Drachenherz nach langem Ringen endlich erbeutet zu haben. Wie einen kostbaren Schatz hält er es nun in seinen Armen. Doch das neue Herz sieht so anders aus als ein menschliches. So unglaublich fremd und abweisend! Es ist gezackt wie der Kamm des Drachen schuppig grün. Es pulsiert in einem ganz anderen Rhythmus als ein Menschenherz. Und ist zudem riesig. Annähernd halb so groß wie Bruno selbst. Unmöglich würde ein derartiges Herz in seine Brust passen. Bruno wird es zuvor zerteilen müssen, wenn es dereinst für ihn schlagen soll.

Mit seinem Schwert führt er einen gezielten Hieb, um es in der Mitte zu spalten. Aber das Herz ist so widerstandsfähig als wäre es aus steinhartem Granit. Nicht einmal den kleinsten Kratzer hinterlassen die Schwerthiebe, bis schließlich die scharfe Klinge selbst zersplittert. Bruno versucht nun, es gar zu kochen. Wild sprudelt das Wasser im Topf, doch das Herz bleibt hart und abweisend, will sich keineswegs erweichen lassen. Als der letzte Wassertropfen verdunstet ist, liegt es da, ist völlig unversehrt. Es folgt der nächste Versuch: Ein mächtiges Feuer wird entzündet, ein Rost darüber gelegt und mit einem Blasebalg ordentlich in die lodernden Flammen geblasen. Doch so hell und heiß das Feuer auch brennt, das Herz bleibt unverändert grün und schuppig.

Enttäuschung macht sich breit. Vorerst weiß Bruno keinen Rat, was er nun mit diesem widerspenstigen Ding anfangen soll. Er hatte sich den Austausch gegen sein eigenes, krankes Herz einfacher vorgestellt. Mit der Kraft dieses starken Herzens hätte er neue Abenteuer erleben wollen, wäre unüberwindlich und einmalig geworden. Nun liegt es da und rührt sich nicht von der Stelle. Missmutig stopft er es einstweilen in einen Mantelsack, damit er nicht ständig sehen muss, wie es fast spöttisch klopft und pocht.

Doch ein Drachenherz ist kein Gegenstand, der sich so einfach wegsperren lässt; es setzt sich zur Wehr, verlangt nach seinem wahren Besitzer. Des Nachts glaubt Bruno jetzt, mächtige Flügelschläge vor den Fenstern seiner Burg zu vernehmen. Es scheint, als wäre der besiegte Drache wieder zu neuer Kraft erwacht und zurückgekehrt, um sein Herz einzufordern.

„Was willst du? Was begehrst du, Drache?"

Bruno schreit es in die Nacht hinaus, dass es über das Rheintal schallt und als Echo widerhallt: „Rache!"

Nacht für Nacht vernimmt Bruno jetzt diese gruseligen Flügelschläge. Was immer er auch diesem unsichtbaren Drachen zuruft, stets hört er die gleiche Antwort:

„Rache! Rache! Rache!"

Nun, ein Graf Bruno ist nicht feige, verkriecht sich nicht vor der Gefahr, bleibt keineswegs untätig. Fest entschlossen belädt er sein Pferd mit dem Mantelsack, in welchem das Herz des Drachens steckt, und macht sich auf den Weg, mit diesem Spuk ein für alle Mal abzurechnen. Doch wo auch immer er sucht, sooft er ruft, „Wo bist du, Drache? Zeige dich mir, Drache! Stell dich zum Kampf, Drache!", stets erschallt als Echo die bekannte Antwort:

„Rache! Rache! Rache!"

Über Wochen durchstreift Bruno die Wälder der Rheinhöhen, den Drachen freilich bekommt er nicht zu Gesicht. Mit der Zeit wird es Bruno zu dumm und er beschließt, diesem Drachen, den er nicht zu fassen bekommt, sein Herz zurückzugeben:

„He, Drache, ich bin es leid, dir nachzulaufen! Habe einfach keine Lust mehr, dir dein Herz hinterher zu tragen! Wenn du willst, kannst du es wieder haben, Drache!"

Diesmal freilich kommt kein Echo, ertönt nicht das schreckliche Wort „Rache". Stattdessen öffnet sich ganz unerwartet inmitten des Waldes ein Wiesental, darin ein kleines Haus steht, vor dem ein Zwerg auf seiner Bank sitzt:

„Seid mir gegrüßt, edler Graf Bruno, ich habe euch bereits erwartet! Spät kommt ihr und eure Miene zeigt Missmut! Geht es euch nicht gut? Doch sagt, was befördert ihr denn da in eurem Mantelsack? Etwa ein großes Geschenk für einen kleinen Zwerg? Ein Geschenk, das man gerne loswerden will? Ho, ho, ho! Und ausgerechnet ich soll es euch nun abnehmen! Ho! Ho! Ho!"

Bruno, überrascht, dass dieser Zwerg seinen Namen kennt, erzählt diesem, auf welcher Suche er sich befindet. Der Zwerg spottet:

„Ho, ho, ho! Ihr habt mich meines Herzens beraubt und erkennt mich nicht!? Ich bin euch wohl etwas zu klein geraten? Sucht einen stattlichen Drachen und findet einen elenden Wicht! Ho, ho! Das hättet ihr nicht erwartet, nicht wahr, edler Graf!? Dass aus besiegten Drachen Rache fordernde Zwerge werden würden. Das wusstet ihr nicht! Drachen können nicht sterben, auch wenn ihnen das Herz aus dem Leibe geschnitten wird. Sie verwandeln sich, verändern ihre Gestalt. Da staunt ihr, was? Und jetzt seid ihr gekommen, mir mein für eure Zwecke nutzloses Herz zurückzugeben? Nur rasch wieder loswerden! Schnell, schnell! Weg damit! Aber ich will es gar nicht wieder haben! Brauch es nicht mehr! Zu groß für meinen kleinen Körper! Ihr könnt es behalten! Dafür aber verlange ich euer eigenes Herz im Austausch! Drachenherz gegen Menschenherz! Ho, ho! Was sagt ihr zu diesem großzügigen Angebot, edler Graf?"

Mit diesen Worten öffnet der Zwerg sein ledernes Wams und zeigt auf seine Brust. An der Stelle klafft ein rundes Loch, wo eigentlich ein Herz schlagen sollte. Er erklärt:

„Zwerge können sehr wohl ohne ein Herz leben! Wir können uns sogar selbst eines aus Gold und Edelsteinen anfertigen. Oder glaubt ihr, mein stolzer Graf, dass Zwerge nur aus reiner Gier im Berg nach Schätzen graben? Warum sollten wir das? Aus den geschürften Metallen schmieden wir neue Herzen für all die Reichen und Adeligen, deren Herzen vor lauter Geiz versteinert sind! Herzen aus blankem Silber und schimmerndem Gold! Nur bleiben solche Herzen immer kalt! Mich aber, edler

Graf Bruno, verlangt es nach einem fühlenden Menschenherzen!"

Eine Rede dieses Inhalts, einer Strafpredigt gleich, hätte Bruno hier an diesem Ort und dazu noch von einem Zwerg, der vorgibt, einst ein Drache gewesen zu sein, bestimmt nicht erwartet. Hatte er, Bruno, nicht hart dafür gekämpft, ein funktionierendes Drachenherz zu gewinnen, und jetzt wollte dieser Zwerg es ihm so einfach schenken? Im Austausch für Brunos krankes Herz? Was gab es da noch zu überlegen? Freudig willigt er in den Handel ein.

Das Gesicht des Zwerges wirkt jetzt völlig ernst, als er sich nähert und auch Brunos Wams öffnet. Sogleich verspürt dieser ein Zerren und Ziehen in seiner Brust, eine plötzliche Leere darin und ihm wird schwarz vor Augen. Als er wieder zu sich kommt, fühlt er ein neues Herz in seinem Körper arbeiten. Doch es ist ungleich schwerer als sein Altes und zieht ihn fast zu Boden. Zudem hämmert es mit solcher Macht, dass ihm, der sonst so mutig ist, angst und bange wird. Der Zwerg mitsamt dem Häuschen ist verschwunden, und der Mantelsack leer.

Unter der Last des neuen Herzens sich nur mühsam aufrecht haltend, besteigt Bruno sein Pferd, will nur noch zurück auf seine Burg. Doch das Herz des wilden Drachen hat etwas gänzlich Anderes mit Bruno vor. Es führt ihn auf eine steile Felsenwand hoch über dem Rheintal.

Dort angekommen drängt ihn das Herz, sich wie ein Drache in die Luft zu schwingen und loszufliegen.

Bruno weiß, dass dies seinen sicheren Tod bedeuten würde, widersetzt sich der Aufforderung. Minutenlang tobt der Kampf um die Herrschaft, bis er das tückische Herz unter Aufbietung all seiner Kräfte erneut besiegt hat. Doch Bruno spürt, dass dieses Herz wieder und wieder angreifen wird. Ob er dann noch fähig sein wird, erneut Widerstand zu leisten, erscheint ihm mehr als fraglich.

Während Bruno mit dem Drachenherzen in seiner Brust um die Vorherrschaft ringt, ergeht es dem Zwerg mit Brunos Herzen kaum besser. Das hatte er sich anders und leichter vorgestellt. Klug und raffiniert hatte er den Tausch eingefädelt. Jedoch seine eigene Schlauheit hatte ihn überlistet. Ein kräftiges Menschenherz hatte er haben wollen, um damit Herr über die anderen Zwerge werden zu können. Menschliche Gefühle hatte er verspüren wollen. Stattdessen besitzt er nun ein Herz, das krank ist, das schmerzt, ihn müde und schlapp werden lässt. Jede Bewegung wird ihm zur Qual, und er verwünscht und verabscheut dieses untaugliche Menschenherz.

Graf Bruno, nach etlichen Auseinandersetzungen mit seinem Drachenherzen, befindet sich wieder auf seiner Burg. Doch nicht am knisternden Kaminfeuer oder mit einer guten Mahlzeit an seiner Tafel sitzend, sondern hoch oben auf den Zinnen eines Turmes stehend. Wieder fordert das Drachenherz ihn heraus:

„Spring, Graf Bruno! Sei mutig! Fliege los und hole dir eine Jungfrau auf deine Burg! Du musst nur wollen! Denn du bist der Herr der Lüfte! Nutze deine neuen Fähigkeiten! Fliege in die Freiheit! Fliege, fliege, so hoch und so weit du nur willst!"

Bruno, der sich nichts sehnlicher wünscht als eine Frau auf seiner einsamen Burg, hätte dem verführerischen Flüstern des Drachenherzens dieses Mal nachgegeben, wäre in seinen sicheren Tod gesprungen, wenn ihn nicht sein treuer Diener Gregor dort oben entdeckt und festgehalten hätte:

„Herr, seid vernünftig! Hört nicht auf dieses Herz! Es will euch in den Abgrund stürzen, euch Schaden zufügen, will endlich Rache nehmen!"

Mit bleichem Gesicht lässt sich der Graf hinunterhelfen; er hat dem Tod ins Auge gesehen und verwünscht den arglistigen Zwerg. Doch auch dieser ringt um sein Leben. Kraftlos und des sterbensmüde, lässt er sich auf einer Bahre von seinen Helfern zur Burg des Grafen Bruno bringen. Dort angekommen macht er diesem die größten Vorwürfe:

„Habt getauscht mit mir das Herz!

Doch verschwiegen auch den Schmerz!

Triebet mit mir euren Scherz!

Gebt zurück das Drachenherz!"

Der Graf lässt diesen Vorwurf nicht auf sich sitzen und antwortet entrüstet:

„Wer hat mich gerufen im Rausch?

Wer konnt nicht erwarten den Tausch?

Wer wollt ein Herz, das ihm nicht gehört?

Wer schimpft auf mich, weil es ihn nun stört?"

Der Zwerg schäumt vor Wut, würde dem Grafen liebend gerne an den Kragen gehen, ist aber viel zu schwach dazu.

„Gib im Tausche mir dein Herz

Lindere so meinen Schmerz

Hinfort will ich stille sein,

Wenn erfüllt der Willen mein!"

Bruno braucht nicht lange zu überlegen. Ähnlich wie der Zwerg hat er sich vorgestellt, dass dieses fremde Herz ihm Glück bringen würde. So aber wirft es den einen auf das Krankenlager, den anderen verleitet es zum Sprung in den Tod! Was also ist zu tun?

Das Beste, so scheint es, wäre, die Herzen einfach wieder zu tauschen. Zwerg und Graf einigen sich rasch. Beide öffnen ihre Wämse vor der Brust und warten. Doch es funktioniert nicht. Menschenherz und Drachenherz verweigern sich ihren unrechtmäßigen Besitzern, wollen einfach nicht gehorchen. So liegt der Zwerg, zum Sterben bereit auf seinem Lager, währen Graf Bruno, von einer unwiderstehlichen Macht getrieben, wieder auf dem Burgturm steht, um sich in den Tod zu stürzen.

Dem fast blinden, aber klugen Diener Gregor kommt die rettende Idee:

„Herr, ich werde euch und diesen Zwerg zu jener Stelle im Walde geleiten, wo ihr diesen unseligen Tausch der Herzen vollzogen habt! Vielleicht ist der Himmel gnädig und der Tausch wird rückgängig gemacht!"

Dem Rat des alten Dieners wird umgehend Folge geleistet. Der wilde Graf sitzt festgebunden auf seinem Pferd, der Zwerg liegt in einem Wägelchen, das von Gregor gezogen wird. In der Waldwiese blühen die Blumen in verführerischer Pracht und Fülle. Auf der hölzernen Bank vor dem Häuschen sitzt eine junge Frau in einem schlichten, weißen Kleid. In ihrer Hand hält sie einen Stab mit einem goldenen Stern auf seiner Spitze.

Der Graf bedeckt sein hässliches Gesicht mit beiden Händen, will nicht, dass es von ihr gesehen wird, während der Zwerg von Gregor auf den Boden gelegt wird. Freundlich lächelnd tritt die junge Frau heran und bittet:

„Fürchtet euch nicht! Hier, mit diesem Zauberstab öffne ich nun eure Herzen! Tausche Härte gegen Sanftmut, Schwäche gegen Kraft, Hässlichkeit gegen wahre Liebe! Drache, gib du zurück die Rache, und Graf, lass dich mit der Welt versöhnen! Ich bin jenes Echo, das du,

Graf Bruno, stets gehört hast, wenn du nach dem Drachen riefest. Ihr beide wart so unversöhnlich, dass es einer ganze Weile bedurfte, ehe ihr eure Lektion gelernt hattet. Ihr musstet erkennen, dass es ohne Liebe und nur mit List und Gewalt nicht geht. Deshalb seid ihr heute zu mir gekommen. Ich bin die Nymphe Echo, Herrin über Schall und Widerhall, und ich werde fortan in euren, nun, gesunden Herzen bei euch sein!"

Nach diesen Worten berührt die Nymphe Echo mit ihrem Sternenstab erst den Grafen und dann den Zwerg. Eine Wolke aus glitzerndem Zauberstaub hüllt die beiden ein. Als sich der Nebel wieder lichtet, stehen Graf Bruno und der Zwerg Hand in Hand. Der Graf fühlt nun ein aufregend gesundes Herz in seiner Brust schlagen.

Die wohl unglaublichste Verwandlung aber findet am Zwerg selbst statt. Sein rotes Wams färbt sich schuppiggrün, sein Körper verändert sich, wird größer und größer. Schon wachsen ihm wieder Flügel und Feuer dringt aus seinen Nüstern. Aber es brennt nicht, verletzt nicht wie vordem!

Als sich die beiden ehemaligen Gegner bei der Nymphe Echo bedanken wollen, ist jene Herrin von Schall und Widerhall verschwunden, so flüchtig wie der Klang ihres Namens über dem Rheintal!

Seither hat sich in Brunos Burg viel verändert: Das Gesinde ist zurückgekehrt, und der Graf hat endlich eine treue Frau gefunden. So wunderschön ist diese, dass er überall kristallene Spiegel hat anbringen lassen, die seine junge Braut in ihrem vollen Liebreiz zeigen sollen. Seine eigene Hässlichkeit hat er darüber ganz vergessen; sie spielt auch keinerlei Rolle mehr.

Übers Jahr wird ihm sogar ein Söhnchen geboren. Rundum mit sich und der Welt zufrieden, fühlt sich Graf Bruno besser und glücklicher als jeder König. Und wenn er jetzt seinen Dank dafür in die Nacht hinausruft, dass es über das ganze Rheintal schallt, dann vernimmt er im Widerhall das Kichern der Nymphe Echo und den nunmehr sanften Flügelschlag des nächtlichen Drachens.

Das alte Kind

s geht eine Mär in dem Städtchen Eltville, nach der es einen Brunnen gibt, der eine geheime, unterirdische Verbindung zu den Wassern des Rheins haben soll. Jeglichen Kontakt zu diesem besagten Brunnen gilt es gerade für junge Brautleute zu vermeiden, denn aus ihm entsteigt zu bestimmten Zeiten eine Gefahr, die schon manchem der allzu forschen Bräutigame das Leben gekostet habe. Entsprechend viele der jungen Bräute seien ob des Kummers über den Verlust des Geliebten wahnsinnig geworden. Immer, wenn es im Frühjahr zur Schneeschmelze kommt, und vor allem, wenn es besonders stark geregnet hat, steigt das Wasser des Rheins über die Ufer. Das ist meist nicht so schlimm, denn man kann sich darauf einstellen. Weitaus gefährlicher ist freilich das, was man nicht sehen kann, weil es sich im Untergrund vollzieht. Denn durch jene unterirdische Verbindung zu diesem Brunnen drückt und schiebt der Rhein sein Wasser so heftig, bis es mit großer Kraft aus dem Brunnen herausschießt und -schäumt.

Das alleine wäre noch beinahe normal zu nennen, neigt der Rhein doch häufig zu Überschwemmungen und Übertreibungen, doch in diesem Fall ist alles gefährlich anders und unheimlich. Des Nachts nämlich entsteigt dem sprudelnden Wasser des Brunnens ein seltsames

Mädchen, welches man leicht für gerade mal siebzehn Lenze halten könnte. Ehrfürchtig wird sie dennoch „das alte Kind" genannt. Obwohl keine lebende Seele dieses außergewöhnliche Mädchen wirklich beschreiben könnte, weil niemand eine Begegnung mit diesem alten Kinde überlebt habe, vermeint ein jeder, es genau zu kennen. Ihr Gesicht muss demnach von außerordentlicher Schönheit sein, ihr schmaler, elastischer Leib vom Ebenmaß einer wilden Katze. Das zarte Gespinst von einem Kleid, so luftig und flockig wie weiße Gischt; ihr langes Haar reiche bis zum Boden und sei von der gleichen grünen Farbe wie die Algen im Rhein. Die schlanken Arme seien derart blass und durchscheinend, dass man denken könnte, hier fließe kein rotes, menschliches Blut durch die Adern, sondern blau-graues Wasser. Ihre ganze Erscheinung lasse keinen anderen Schluss zu, als dass es sich bei ihr nur um die Tochter des Rheins handeln könne. Sie erscheine so jung und sei es eben doch nicht: dieses alte Kind des Rheins!

Sobald dieses Mädchen auftaucht und die jungen Burschen ihrer ansichtig werden, ist es um sie geschehen. Es geht eine sanfte, gleichwohl unwiderstehliche Anziehungskraft und heimliche Gewalt von diesem scheinbar so schönen Wesen aus, dass es die jungen Männer danach verlangt, es für immer nur küssen zu dürfen. Derart süß müssen diese Küsse schmecken und die geheimsten Versprechungen klingen, dass sie einfach nicht mehr von ihr lassen können. Da nützen ihnen auch ihre starken Arme und harten Muskeln nichts mehr, wenn das alte Kind sie erst verzaubert und dann unentrinnbar gefesselt hält. Mit jedem Kuss, den ihnen dieses scheinbar so harmlose Mädchen raubt, lässt es seine widerstandslosen Liebhaber um einen ganzen langen Tag des Lebens altern. Wenn die Liebesnacht mit dem neuen Morgen endet, dann sind aus einstmals lebensfrohen Burschen welke Greise geworden, die nach dem letzten Kuss verdorren und in sich zerfallen.

Bei jedem der Opfer handelt es sich stets um den zukünftigen Bräutigam eines der Mädchen aus dem Städtchen Eltville am Rhein. Das alte Kind scheint allein daran Gefallen zu finden und darin auch unersättlich zu sein, gerade der Braut noch vor deren Hochzeit den Bräutigam zu stehlen. Den Lockungen und Verlockungen, die dieses Mädchen verspricht, scheinen die anderen jungen Frauen nichts entgegenzusetzen zu haben.

Sobald das alte Kind dem Blasen werfenden, gurgelnden Brunnen entstiegen ist und das Wasser aus ihrem algengrünen Haar schüttelt, dass die Tropfen nur so sprühen, ist es um den zukünftigen Bräutigam auch schon geschehen. Anmutig hebt sie ihre transparenten Arme zum ersten Hochzeitstanz und ihre unter dem langen Kleid unsichtbaren Füße vollführen lustig-kindliche Trippelschritte. Mit den Händen ahmt sie die sanften Bewegungen der Wellen nach. Zwar hört man sie nicht singen wie einst die Loreley, doch ihr blasser Mund formt seine eigene, geheime Melodei. Dabei spitzt sie ihre kalten Lippen zum ersten Kusse.

„Ich tanze nur für dich, mein Freund,

Und sehne mich nach dir, mein Mann!

Nehm in die Arme dich noch heut,

Damit ich dich bald küssen kann!"

Sehnsüchtig-fordernd klingt ihr Lied, verführen soll der Tanz. Des Nachts zittern die Bräute und fürchten um ihre Männer.

Doch lange schon hat man nichts von diesem alten Kind mehr gehört oder gesehen. Über diese Zeit, so scheint es, hat man vergessen, dass es dieses Mädchen einmal gegeben hat. Die Erinnerungen an sie verblassen, werden zu einem schaurig-schönen Märchen. Auch ihr Vater, der Rhein, führt seit Langem kein Hochwasser mehr. Erst die ungestümen Burschen, dann auch deren misstrauischen Bräute haben inzwischen sogar vergessen, wo sich dieser geheimnisvolle Brunnen überhaupt befindet. Die Gefahr scheint für immer gebannt, verflüchtigt zu einem Mythos.

Da beginnt es unaufhörlich zu regnen!

Tage- und wochenlang ergießen sich die Wolkenbrüche über das Land! Eine wahre Sintflut wie aus grauer

Vorzeit. Die Wasser des Rheins treten über die Ufer, fluten erst die Flussauen, dann die Felder und zuletzt die Straßen. Bedrohlich nahe kommen jetzt die nagenden Wellen den wehrlosen Häusern. Kaum jemand verlässt jetzt sein trockenes Zuhause, wenn er oder sie nicht unbedingt muss. Geheiratet aber wird trotzdem, weil ein Aufgebot, einmal beantragt, nur schlecht wieder zurück gezogen werden kann. Außerdem soll so etwas Unglück bringen.

Genau das will die junge Apollonia um keinen Preis der Welt. So steht sie, trotz des Regens, der draußen die Straßen nässt, vor der großen Tafel im Standesamt, wo die Paare, die heiraten wollen, mit ihren Namen angeschrieben sind. Sie brennt darauf, endlich ihr eigenes Aufgebot, das dort bestellt ist, zu lesen. In genau drei Wochen wird sie den Hubertus aus Hattenheim heiraten. Während sie vor der Tafel verharrt, wandern ihre Gedanken in die nahe Zukunft …

Sie sieht sich als Hubertus' Frau in ihrem weißen Hochzeitskleid aus der Kirchtüre treten, wo sich die Kinder aus Eltville und Hattenheim versammelt haben, um den Reis der Fruchtbarkeit zu werfen. Nur freundliche Gesichter sind der wunderschönen Braut zugewandt, denn es hat aufgehört zu regnen; die liebe Sonne lacht vom Himmel, und die Wasser des Rheins sind wieder in ihr angestammtes Bett zurückgekehrt. Unter Applaus und vielen Hurra-Rufen wendet Apollonia sich zu ihrem Bräutigam, um ihn zum ersten Mal vor der jubelnden

Menschenmenge zu küssen. Doch wer beschreibt ihr Entsetzen: Hubertus ist verschwunden! Gerade eben stand er an ihrer Seite, hat sie noch seinen Arm um ihre Taille gespürt.

Zutiefst erschreckt reißt Apollonia ihre Augen auf, um diesen grässlichen Spuk und gespenstischen Tagtraum sofort zu beenden. Zu ihrer Gewissheit will sie noch einmal ihren Namen auf der Anschlagtafel sehen, doch neben dem ihres Bräutigams ist nichts mehr zu lesen. Die Tinte ist verlaufen und das Papier nass und schmutzig, als wäre Flusswasser darüber gespritzt. Vor Entsetzen schlägt Apollonia die Hände vors Gesicht. Doch auch das hilft nicht, denn jetzt sieht sie, dass an Hubertus' Seite nicht mehr eine strahlende Apollonia steht, sondern eine ganz andere Braut, gleichfalls in ein weißes Kleid gehüllt! Ein Mädchen mit algengrünem Haar, das bis zum Boden fällt. In ihren schlanken, durchscheinenden Armen, in denen kein menschliches Blut rollt, hält sie Hubertus umfangen …

Ein Scherz! Ein Traum, ein übler Traum! Mit starren Augen blickt Apollonia auf die Tafel mit den Aufgeboten und liest ihren und des Hubertus' Namen. Erleichtert stöhnt sie auf: Na, also! Alles nur ein Tagtraum, ein Produkt ihrer überreizten Nerven! Apollonia nimmt sich vor, diesen Vorfall ihrem Hubertus zu erzählen, aber eine ihr unerklärliche Scheu hält sie davon ab. Durch die umfangreichen Hochzeitsvorbereitungen, die ihr keine Zeit zum

Nachdenken lassen, hat Apollonia nach wenigen Tagen dieses unheilvolle Bild selbst vergessen.

Doch so leicht lassen sich keine Träume verdrängen! Besonders dann nicht, wenn es eben gar keine dieser nächtlichen, flüchtigen Träume sind. Auch fließen sie nicht zurück in ihr Bett wie die Wasser des Rheins oder plätschern am Ufer als leichtfüßige Wellen dahin. Nein! Diese Art von Traum ist so schrecklich unwirklich: eine Braut aus flockigem Schaum? Mit Haaren, so seltsam grün, und Lippen, die zu kalten, wässrigen Küssen einladen?!

Der schönste und wichtigste Tag im Leben einer Frau naht nun auch für Apollonia. Mit tätiger Hilfe ihrer besten Freundin und hinter sorgsam verriegelten Türen, damit der Bräutigam die Braut nicht vor der Vermählungszeremonie zu Gesicht bekommt, wird Apollonia eingekleidet. Unter dem Schleier fallen ihre goldblonden Locken über die schmalen Schultern. Am Arm ihres stolzen Vaters geht es dann in die Kirche und hin zum Traualtar, wo Apollonia niederkniet und auf ihren Hubertus wartet.

„Bis zum Tode bleib ich treu,

Warte hier auf meinen Mann!

Auf sein Ja-Wort ich mich freu,

Das ich kaum erwarten kann!"

Horch, regt sich da nicht etwas im Brunnen? Sieh, wie er sprudelt und schäumt! Hei, wie wild im Kreise sich die

Strudel drehen! Das alte Kind greift nach Hubertus, während Apollonia arglos kniet und freudig wartet! Wartet und wartet! Aber Hubertus erscheint nicht. Kann nicht kommen oder will es nicht? Unruhe breitet sich in der Kirche aus; es wird gezischt und getuschelt. Apollonia ist den Tränen nahe, indes der brave Pfarrer in seinem Ornat vor ihr steht und ihr verständnisvoll die Hände streichelt:

„Er wird gleich kommen, meine Tochter. Gewiss hat er sich nur etwas verspätet. Männer sind oft so unpünktlich, haben Angst davor, ihre Unabhängigkeit zu verlieren. Lass uns noch eine Weile warten, dann fangen wir mit der Trauung an!"

Nicht weit von der Kirche entsteigt das alte Kind gerade ihrem tobenden Brunnen, schüttelt die Tropfen aus ihrem algengrünen Haar, glättet ihr weißes Hochzeitskleid und winkt mit kalten Händen einem jungen Mann zu, der sich mit schnellen Schritten nähert. Nur für ihn tanzt sie nach einer unhörbaren Melodie. Dann spitzt sie die Lippen zum ersten Kuss:

„Lass sie knien und lass sie warten

Auf den Mann, den sie so liebt!

Locke ihn im Wassergarten,

Da sie frei ihn sonst nicht gibt!"

Ist es das heimliche Geflüster des alten Kindes oder eine andere, schlimme Ahnung, denn mitten hinein in die gütigen Worte des Pastors erscheint wie ein böser

Geist das gefürchtete Traumbild vor Apollonias innerem Auge. Sie sieht, wie ein Bursche im schwarzen Anzug in den Armen eines Mädchens mit algengrünem Haar liegt und von dem Mädchen geküsst wird. Erst erkennt sie ihren Hubertus nicht, denn sein Gesicht wirkt längst nicht mehr jung und frisch. Mit jedem Kuss scheint er zu altern und schwächer zu werden. Es ist ihr Bräutigam, den ihr dieses Mädchen gestohlen hat! Wie durch dicke Watte vernimmt Apollonia die besorgte Stimme des Pastors:

„Dein Bräutigam hat sich etwas verspätet; er wird sicherlich gleich eintreffen. Sei unbesorgt, mein Kind!"

„Kind? Kind? Das alte Kind! Ja, sie ist es! Das alte Kind ist zurückgekommen! Sie hat mir den Bräutigam genommen und wird ihn zu Tode küssen!"

Apollonia schreit ihr Entsetzen heraus, dass es in der Kirche nur so widerhallt:

„Sie hält ihn gefangen! Hubertus ist in ihrer Gewalt! Er ist ihr hörig geworden! Sie küsst ihn, und er wird dabei immer älter und hinfälliger! Noch bevor die Nacht zu Ende ist, wird er unter ihren Küssen vergangen sein! Oh, mein Hubertus! Wir sind noch nicht verheiratet und schon bin ich eine Witwe!"

Durch die Kirche geht ein Raunen. Apollonia ist wie von Sinnen:

„Es ist dieses unersättliche, alte Kind, und für meinen Hubertus ist es die erste und wohl auch letzte Hochzeitsnacht!"

Apollonia wirft sich auf den steinernen Boden der Kirche, weint und fleht, doch der kalte Stein zeigt sich ungerührt, wird ihr den Liebsten nicht herbeischaffen. Doch Apollonia nimmt diese steinerne Zurückweisung nicht an, wehrt sich mit all ihren Kräften. Gleichsam als wäre sie irre, reißt sie sich den Schleier von ihren blonden Locken, wischt damit über den Kirchenboden als müsste sie diesen von Schmutz und Tränen säubern. Der Pfarrer, der selbst komplett ratlos vor ihr steht, weiß nicht, womit er sie noch trösten könnte, denn gegen das alte Kind, die Tochter des mächtigen Rheins, erscheint auch er hilflos.

Apollonia trommelt mit beiden Fäusten auf den steinernen Boden, bis ihre Knöchel wund sind und die Hände zu bluten beginnen. Doch gerade dieses rote Blut, das über ihre geballten Fäuste rinnt und auf ihr weißes, unschuldiges Kleid tropft, scheint sie wieder zur Besinnung zu bringen. Mit einem heftigen Ruck richtet sie sich auf, ihre Augen werfen Flammenblitze und sie schwört:

„Ich will es mit dir aufnehmen, du böses, altes Kind! Niemals werde ich meinen geliebten Hubertus dir zum Bräutigam für eine einzige Nacht überlassen! Ich werde dich suchen und zu finden wissen! Dann wirst du zurückgeben müssen, was dir nicht gehört und auch niemals gehören wird! Fortjagen werde ich dich, fort und fort und weg und weg! Zurück in dein kaltes, nasses, freudloses Bett! Auf dass du nimmer von dorten dich erhebest mehr!"

Und mit diesem Schwur ist sie bereits an der Kirchentür, lässt diese wie einen Kanonenschuss krachend ins Schloss fallen und ist auf und davon. Ihr weißes Hochzeitskleid leuchtet wie das Fanal von Befreiung und Rache. Von nichts und niemandem mehr aufzuhalten, rennt sie durch die Gassen des Städtchens, ihre blutverschmierten Hände wie die Klauen eines Greifvogels weit geöffnet und gierig nach vorne gestreckt. Obwohl sie den Weg nicht kennen kann, trifft sie, wie von unsichtbaren Mächten geleitet, bald schon am Brunnen ein, aus dem das Wasser des Rheins noch immer kochend entspringt.

Dann erblickt sie zum ersten Mal „das alte Kind". Aber dieses Mädchen ist keineswegs alt, sondern blutjung und wunderschön. In ihren Armen hält sie Hubertus. Dieser freilich sieht tatsächlich alt aus. Die Gesichtszüge wirken blass und greisenhaft. Sein Blick ist nach innen gerichtet, als befände er sich in einem Traum; er erkennt Apollonia nicht mehr. Apollonia macht Anstalten, sich auf das alte Kind zu stürzen, hält dann noch einmal inne und fleht:

„Stopp! Halt ein in deinem verwerflichen Tun! Er ist mein Mann! Du kannst ihn nicht haben, darfst ihn mir nicht wegnehmen! Auf meinen Knien bitte ich dich: Gib ihn frei! Sonst werde ich um ihn kämpfen! Denn:

149

Nicht du bist seine wahre Braut,

Kein Pastor hat euch je getraut!

Du bist die Diebin, willst ihn stehlen,

Doch dieses Ziel wirst du verfehlen!

Gib ihn frei und lass ihn los!

Schande über deinen Schoß!"

Dann geht Apollonia zum Angriff über. Unter wildem Kreischen wirft sie sich auf das alte Kind, packt deren grünes Haar und reißt daran. Keinerlei Widerstand ist zu spüren, das Haar löst sich so leicht vom Kopf, als gehörte es nicht dorthin. Apollonia hält in ihren Händen nur ein schleimiges, dunkelgrünes Algengeflecht. Angeekelt schleudert sie es zur Seite, wo der Wind es zu einem Bündel zusammenrollt und in Richtung Rhein treibt. Wütend greift Apollonia nach dem weißen Brautkleid des alten Kindes. Über der Brust reißt es auf wie Seidenpapier. Doch dieser Gewalt hätte es nicht bedurft, denn was Apollonia nun hält, ist schneeiger Schaum, wie er entsteht, wenn die Wellen das Wasser gegen die Ufer schlagen.

Voll des Abscheus wischt sich Apollonia die klebrigen Hände achtlos am eigenen Brautkleid ab, gibt ihren Angriff dennoch nicht auf. Als sie den Arm packt, mit dem das alte Kind ihren Geliebten hält, löst dieser sich mit einem schmatzenden Geräusch aus der Schulter und zerrinnt zwischen ihren Fingern zu schmutzigem Wasser.

Zwar beginnt das alte Kind, sich aufzulösen, doch noch immer hält es den Hubertus in seiner klammernden Umarmung. Rasch will es mit ihm im Brunnen verschwinden.

In einer letzten, verzweifelten Anstrengung wirft sich Apollonia über den Brunnenrand und versperrt so dem alten Kind den Fluchtweg. Sie bekommt den Arm ihres Hubertus zu fassen, will ihn festhalten. Doch da geht ein plötzlicher Ruck durch ihren Körper. Diesmal ist der Widerstand gewaltig. Es ist, als besäße das alte Kind jetzt die unglaubliche Kraft des Rheins und würde Apollonia mit in den Brunnen reißen.

Apollonia erkennt, dass jeder weitere Widerstand gegen die Kraft des alten Kindes sinnlos wäre. Also lässt sie den Arm fahren und nimmt Hubertus' Gesicht zwischen beide Hände. Sanft drückt sie einen Kuss auf seine welken Lippen und flüstert seinen Namen. Hubertus erwacht und kehrt ins Leben zurück. Augenblicklich aber weicht jedwede Kraft des alten Kindes. Das Wasser des Brunnens beginnt, wilde Strudel zu bilden, in deren kochender Gischt sich das alte Kind auflöst und verschwindet.

Der Bann des alten Kindes ist gebrochen; Apollonia küsst ihren Hubertus in dessen frische Jugendlichkeit zurück. Arm in Arm gehen sie zur Kirche. Dort warten noch die Hochzeitsgäste. Nachdem der fromme Pastor Apollonia und ihren Hubertus getraut hat, hält er seine beste

Predigt. Vor der Kirche stehen die Kinder aus Eltville und Hattenheim und werfen den Reis der Fruchtbarkeit.

Das alte Kind freilich ward nie mehr gesehen. Nur in regendunklen Nächten vernimmt man ein heimliches Raunen aus dem Rhein:

„Mein altes Kind,

Weinet im Wind,

Grämet sich sehr,

Liebt nimmer mehr!"

Zeitfracht Medien GmbH
Ferdinand-Jühlke-Straße 7
99095 Erfurt, Deutschland
produktsicherheit@kolibri360.de